ハヤカワ文庫 SF
〈SF2373〉

宇宙英雄ローダン・シリーズ〈670〉

# イジャルコル最後の戦い

クルト・マール&アルント・エルマー
星谷 馨訳

**PERRY RHODAN**
IJARKORS LETZTE SCHLACHT
EPHEMERIDEN-TRÄUME
by

Kurt Mahr
Arndt Ellmer

Translated by
Kaori Hoshiya
First published 2022 in Japan by
HAYAKAWA PUBLISHING, INC.
This book is published in Japan by
arrangement with
PABEL-MOEWIG VERLAG KG
through JAPAN UNI AGENCY, INC., TOKYO.

目次

# イジャルコル最後の戦い

# イジャルコル最後の戦い

クルト・マール

登場人物

ペリー・ローダン……………ネットウォーカー。もと深淵の騎士
アトラン………………………同。アルコン人
イジャルコル…………………シオム・ソム銀河を支配する永遠の戦士
スロルグ………………………イジャルコルの進行役
シャーロルク…………………シングヴァ。スロルグの祖先
プランクノル…………………ヴェリサンド。クルサアファルの難破船の住民
ヴェト・レブリアン…………ムリロン人。デソト

# 1

侏儒《しゅじゅ》の目が鈍いグリーンに光るのを見て、永遠の戦士は驚いた。それもまた驚きだった。近ごろは感情が鈍磨《どんま》して、めったなことでは心を動かされなくなっていたから。ともあれ、グリーンは上機嫌のしるしである。ちびがご機嫌だったことなど、これまで一度もない。だから、戦士は不思議に感じたのだ。

「正しい判断をしたな、わが戦士」侏儒はそういうと、目をみはるほど長いむきだしの尾を左腕の下に持ってきて曲げ、右手でなでた。「エスタルトゥの息吹《いぶき》を浴びればまた自信もつくだろう。きみに必要なのは自信だ。わかるか？」

もちろんわかる。紋章の門が破壊されてからというもの、無為に日々をすごしていて、何度も同じことをいわれたから。それでもイジャルコルは反抗心からこういった。

「わたしにはわからない、スロルグ」

進行役はいつもと正反対に、うろたえることなく応じた。

「それもエスタルトゥの息吹を吸いこめば大丈夫だ、イジャルコル。ダシド室に行って、大いなる使命を思いだせ。宇宙反乱分子を懲《こ》らしめ、クルサアファルを殲滅《せんめつ》するんだ」

「クルサアファルを殲滅する」そうつぶやくしかなかった。スロルグの声には反論を封じるなにかがある。

「それでいい」侏儒が褒《ほ》めた。「さ、行け！」

戦士は踵《きびす》を返し、出入口から通廊に足を踏みだした。両側の壁には色とりどりの光が踊り、輝く雲のなかに過去の光景がうつしだされている。いずれも実際そこで起こっているかのように鮮明だ。おのれの映像も見えた。王の門の落成式での姿、玉座にすわる姿、旗艦《ソムバス》にいる姿。ウェンキンにあるキュリマンの植民地で、これ以上ない敬意をもって迎えられた場面もある。永遠の栄光をおさめたこれらの映像は、オファラーの芸術家集団によるホログラム作品だ。プライヴェート領域から執務室に向かう戦士を高揚させるための。

しかし、イジャルコルは高揚感どころではなかった。ホログラムには出てこないが、紋章の門の崩壊およびシオム・ソムの巨大凪《なぎ》ゾーン消滅という手痛い敗北を喫したのだから。

光る壁にうつるどの映像を見ても、元気づけられるどころか、かえって負担に感じてしまう。注意を向けまいとするが、過去のシーンを無視することはできなかった。これらの過去も、恥ずべき敗北によって意義を失ったのだ。焼けた釘を打ちこまれたように心がうずく。かれは目をつぶったまま壁を手探りしながら、戦士専用の反重力シャフト入口まで進んでいった。

シャフトで下降するあいだ、心地よい薄暗がりにつつまれた。照明はおちついてリラックスできるように調整されている。シャフト終点に至聖所ともいうべきダシド室があるからだ。エスタルトゥの息吹で活力を得るには、精神に負担のかかっていない状態でのぞむ必要がある。

シャフト終点からつづくみじかい通路を数歩進むと、目の前の壁がスライドして開き、簡素なしつらえの小部屋が見えた。ベッドの役をはたす反撥フィールド用プロジェクターと、エスタルトゥの息吹が出てくる格子《こうし》つき放出口のほかは、天井照明とアッタル・パニシュ・パニシャの彫像があるだけだ。かれは初代〝師のなかの師〟で、名前をオーグ・アト・タルカンという。

反撥フィールドのかすかなきらめきが見えた。イジャルコルはその感触を手でたしかめ、横たわる。ゆったり寝ころんだ姿勢でオーグ・アト・タルカンの彫像を見た。プテルスに似ても似つかぬこの姿を、これまで何千回となく畏敬の目で眺めては、くりかえし自問してきた。オーグ・アト・タルカンとは何者だったのか、どんな時代に生きていたのか、その教えは実際どのようなものだったのか……と。というのも、ずいぶん前からイジャルコルには、第三の道の教えが最初のかたちのまま数千年も引き継がれてきたとは思えなくなっているのだ。

だが、きょうはもう自問しなかった。休息がほしい。なにも考えずに深く沈みこみたい。放出口からガスが流れでる音が聞こえはじめる。深呼吸すると、たちまちエスタルトゥの息吹が意識をおちつかせるのがわかった。

イジャルコルは目を閉じた。

過去の記憶が押しよせてくる……夢のごとく。

＊

その男の名はコル、製造ラインのシフト責任者だ。かれは透明プレートに手を押しつけ、ブルーのランプがつくのをいらいらしながら待った。わずらわしいプロセスだが、シフト開始ごとにこうしないと作業場に入室できないのだ。コンピュータはいま身元確認だけでなく、かれの精神状態を分析したり体調を把握したりしている。すべてを見すかされているようで腹だたしい。

ほかの仕事を探せばよかったとも思うが、それは規定により不可能だった。公立の職業訓練所を卒業したプテルスは全員、その適性によって進路を振り分けられる。コルは卒業時に技術面での才能を認められたうえ、リーダーとしての資質があると証明されたため、いまの職につくことになった。どちらかというと草の上に寝ころんで空を眺め、歌をつくったり詩を書いたりするほうが好きなのに。

とはいえ、規定にはしたがうしかない。訓練所を卒業して二日後には、アナムウンの外惑星のひとつであるティフーンへ向かう宇宙船のなかにいた。

惑星ティフーンでは大規模な核合成プロジェクトが進行中だった。星系全体は、ほとんど水素で構成される星間物質のぶあつい雲のなかにある。完全自動の回収機が雲のなかを行き来して水素を集めてまわり、高濃縮プラズマのかたちにしていた。プロジェクトはこのプラズマをティフーンの赤道地帯にある大型溶解炉で処理し、原子番号二六までのより重い物質を水素から生成するというものだ。

ティフーンの合成プラントはまだ実験段階で、ロボットが制御している。十万平方キロメートルにおよぶ敷地に技術者はわずか八百名しかいない。そのなかで見習いからスタートしたコルだったが、どんどん昇進し、三年後にはシフト責任者に出世をはたした。みじかい休暇を数回とった以外は、ほとんどティフーンでの仕事に時間を費《つい》やしている。かれの製造ラインは鉄を合成する溶解炉の監視を担当しており、仕事はかんたんだ。それでも好きでやっているわけではなかった。

ただ、実験の意義はよくわかっている。このプロジェクトが成功すれば、故郷惑星アナムウンもほかの植民惑星も、原料供給の心配とは無縁になるのだ。というのも、周辺の宇宙空間にはもっとも単純な元素である水素以外、ほとんど物質が存在しないのだから。社会に対するおのれの義務を痛感するからこそ、コルはいまの職にとどまっていた。それも数カ月後にはお役御免となるはず。早くアナムウンに帰り、快適な都市生活を満喫したかった。自分のキャリアが今後どうなるかは、故郷惑星に帰還したらすぐに知らされるだろう。

コルはシフト責任者用の小型グライダーに乗りこみ、鉄合成プラントの巡回飛行に出た。オートパイロットが各設備の制御コンピュータに照会をおこない、ちいさなヴィデオ・スクリーンにデータが表示される。かれはそれらを注意深くチェックした。すべて異状なし。この三年間、つねに同じ状況だ。なんの問題もなく、実験は成功を目前にしている。

中央指揮所があるドーム形建物をめざし、建物出入口のすぐそばに小型グライダーをとめた。円形のメインルームにはコンソール数百台が壁に沿ってぐるりと置かれ、三台ひと組で鉄合成の一工程を制御している。大きなホールに技術者はたった一名しかいない。コルが入っていくと、技術者はうやうやしく挨拶した。

この男はシャーロルクといい、数日前にアナムウンからやってきたばかりだ。コルは三年前の自分がそうだったように、新来者は見習いからスタートするものだと思っていたが、シャーロルクに関しては事情が異なった。かれは完璧なテクニックを持つ卓越した技術者で、そもそも一介のシフト担当なんぞにまったく似つかわしくないのだ。もっと上の地位にある者だとにおわせるなにかが、その態度にもあらわれていた。シフト責任者コルに対して表向きは敬意をしめすものの、実際に畏敬しているのではなく、ルーチンとしてそうしているだけだとわかる。

コルはシャーロルクが作業中のコンソールに歩みより、

「すべて順調のようだな」と、いった。

「順調です」シャーロルクが請け合う。

コルの身長は男プテルスの平均くらいで、けっして大柄ではないのだが、そのかれよりシャーロルクは頭半分ちいさい。三角形の眼窩《がんか》はとびきり深くくぼんでおり、目の色はめったにない鮮やかなライトグリーンだ。〝つなぎ〟と呼ばれる技術者用の制服を着用していた。色は濃くも薄くもないグレイで、両肩の太いサスペンダーが膝までとどくズボンを吊りさげている。目を引くのは、尾のなごりといってもいいほど臀部《でんぶ》が発達していることだった。

「きみの話を聞かせてくれ」コルはふと思いついて、そういった。「高い技術を持つのに、見習いが乗る輸送船でティフーンにやってきたな。きみのような熟練者には、ただのシフト担当よりふさわしいポストがあると思うんだが。なにかの懲罰で送られてきたのか？」

「訊いてもらえて光栄です」と、シャーロルク。「あなたは鋭い洞察力の持ち主だ……資料に書かれていたとおり。わたしはある特別な任務を帯びてここにきたのです。あなたに関係する任務を」

「わたしに関係する？」コルは驚いて、「そのような任務をだれにあたえられた？　どんな資料にわたしの洞察力のことが書かれていたんだ？」

「疑問を持つのも無理はない。お答えしましょう。ただし、ここではだめだ。いっしょにきてください。お願いです」

「どこへ行くんだ？」

「暗黒空間へ」

「とんでもない」コルは思わずいった。「だれだって仕事をほうりだすわけにはいかないよ。ましてシフト責任者が」

「あなたが義務を重んじることは知っていますが、職場をはなれる許可はすでにおりています。さっきのお願いは上層部の指示なので」

コルは不安をおぼえたが、それを気づかせたくはなかった。

「きみのために職務を投げだせとわたしに指示する上層部など、存在しない」と、かたくなにいう。

シャーロルクは笑みを浮かべ、

「存在するとも」それだけ口にした。

次の瞬間、コルの目の前が明るくなり、輝く正三角形の映像が空中にあらわれた。三角形の中心から三つの角に向かって矢印三本が描かれている。

コルはうろたえた。これはアナムウン中央政府よりも力があるといわれる強者シングヴァのシンボルではないか。だが、シングヴァの正体を知る者はいない。かれらがプテルスのヒエラルキーにおいてなにか公的な機能をはたしているわけでもない。それでもシングヴァの力のおよぶ範囲ははてしなく、その意にそむくのは死にも値《あたい》するといわれているのだ。

「あ、あなたは……シングヴァなのか」コルは言葉を詰まらせた。

「シングヴァだ」と、シャーロルク。「わかったら、いっしょにきてくれ。悪いようにはしないから」

＊

半空間シュプールを移動することで光速の数百万倍に達する乗り物については、コルも知っている。アナムウンからティフーンにきたときもそうした船を使ったから。しかし、シャーロルクに見せられたのはまったく異なるタイプの宇宙船だった。ティフーンの高い軌道に待機しているそれは、近い位置からスクリーン上で見ると、十二の突起を持つ巨大な星みたいだ。この突起はじつは搭載艇で、星形の本体から離脱して動くことができるのだという。

「この宇宙船の名は《ソムバス》だ。きみがシングヴァたちの望みを受け入れれば、この艦はきみのものになる」

そういわれても、なんの話かまったくわからないコルは気にもとめなかった。シャーロルクによれば、この星形艦は新型エンジンを搭載しており、想像できないほどの速度で移動するという。宇宙空間には、有機生物の意識にもそなわる超高周波ハイパーエネルギーが糸のかたちでネットのように張りめぐらされており、その糸に沿って艦が進むのだそうだ。百二十五万光年の彼方にある暗黒空間まで、わずか一日あまりで到達するらしい。これを聞いて、コルの頭は混乱した。

ところが実際《ソムバス》に乗艦してみると、それどころではなかった。目にする技術は完全に未知であるばかりか、これまでコルが関わってきたものより数千年は先をいっていたのである。

シャーロルクがひとことふたこと命令するだけで、艦は動いた。目的地も最高速度での航行も、口で伝えるだけ。《ソムバス》は音もなくスタートし、すこしのあいだ加速してハイパー空間にもぐった。

そこではじめてコルはシャーロルクのいう〝ネット〟を見た。むろん、有機体の意識がハイパー空間での現象を実際に知覚することは不可能なので、艦載コンピュータ・システムがつくりだした映像を見たわけだが。映像のベースになるのは、周囲からコンピュータのセンサーに流れこんでくるインパルスだ。超高周波エネルギーの糸がグリーンに輝くラインとなり、稠密《ちゅうみつ》なネットをつくって宇宙空間をとりまいていた。ムウン銀河の星々は色とりどりの光を振りまく噴水に変身し、ものすごい速さで自転しつつ、膨張してはまた縮小して、燃える雲や紅炎のかたちでその構成物質を宇宙空間に噴きだしている。もつれるグリーンの糸のなかに、明るく輝く島のような近隣銀河が埋めこまれていた。もっとも強い光をはなつのは、ムウンから百十万光年以上はなれたエレンディラと呼ばれる巨大銀河だ。

コルは信じがたい現象の数々に魅せられ、その呪縛が解けるのに数時間かかった。シングヴァたちは自分になにをもとめているのだろう。わからない。ただ、またティフーンでのシフト責任者にもどされることはなさそうだ。

このあいだに目的地もはっきりした。アナムウンの宙航士たちが〝結合双生児〟と呼ぶ、たがいにつながったふたつの小銀河がある。シャーロルクによれば、アブサンタ＝ゴムおよびアブサンタ＝シャドという名前だそうだ。意味はそれぞれ〝完全無欠の天空〟と〝学びの天空〟らしい。その背後にどういう意図があるかはシャーロルクも教えてくれず、ただ二銀河が重なるゾーンに暗黒空間があると告げただけだった。

　ここでようやくコルもあれこれ理解し、好奇心が頭をもたげはじめた。かつてアナムウンで開発されたあらゆる機器類のはるか上をいく技術を、なぜシングヴァが使いこなせるのか知りたい。シャーロルクはどう見てもプテルスの同族だ。だが、なんの意図があってシングヴァは同胞種族に高度発展技術をかくしているのか？　種族の共通利益を無視し、独自に開発した技術を自分たちだけのものにすることで、力を得ているのか？

　そうは思いたくない。シングヴァは力だけでなく、善意や賢明さも持つはず。コルはこの疑念をシャーロルクにぶつけてみた。

「きみがそう訊くだろうと思った」と、返事があった。「世界に新しい秩序をもたらす時がきたのだよ。ある上位者がその使命をシングヴァにあたえたのだ。同時に上位者は、使命遂行のために必要な手段をわれわれに授けてくださった。この贈り物をわがものにする意図など、シングヴァにはない。プテルス種族やほかの星間種族にも使えるようにするつもりだ……とはいえ、まずは新しい秩序を導入してからだが」

「新しい秩序とは？」

「十二銀河からなる帝国のことだ」それがシャーロルクの答えだった。「その帝国に属する種族はみな第三の道の教えを信仰し、恒久的葛藤だけが確実に宇宙発展を鼓舞するものだと悟るだろう」

「恒久的葛藤？」コルは疑わしげにくりかえした。

「つねに戦いをもとめ、武力で相手に立ち向かうという哲学だ。戦わざる者は停滞する。戦う相手がいなければ、敵をつくりだしてでも戦わねばならない。絶え間ない対立のなかでこそ知性体は発展するのだ」

コルは黙ってあらぬかたを見た。シングヴァは巷《ちまた》でいわれているほど善良でも賢明でもないと、ふいに思えてくる。すこし前まで心を満たしていた興奮も、午後の陽に溶けた雪のごとく消えてしまった。

「つねに戦いをもとめる？」と、暗い声でいう。「強者がそんなことを追求するのなら、わたしが選ばれたのはまちがいだ」

「シングヴァはけっしてまちがえない」シャーロルクはきっぱりいった。「きみは自分に影響をおよぼしそうなものに惑わされず、シングヴァの計画どおりに動くのだ。計画はすでに決定している。恒久的葛藤については、時がくれば理性ある判断ができるようになる。きみはまだ新しい秩序のことをなにも知らない。それを理解すれば、世界がちがって見えてくるだろう」

シャーロルクの言葉には妥協なき決断がうかがえる。やがて、かれはべつのことを考えついたらしく、

「きみの名前はコルだな」と、思案げにいった。「由来を知っているか？」

「カホルの省略形だ。カホルは古プテルス語で〝強さ〟を意味する」

「きみは強いのか？」

　コルは一瞬ためらったのち、こういった。

「強い信念を持っているし、公共に奉仕するという思いも強い」

「もっと大きな名前をあたえてやろう。いまからイジャルコルと名乗れ。〝戦う強さ〟という意味だ」

「わたしには合わないと思うが」

「それはわれわれが決める」コルの反論も意に介さずに、シャーロルクは強引かつ自信満々な調子でいいきった。

＊

　エトゥスタルは楽園のようだった。できれば生涯ここで詩を書いたり歌を口ずさんだりして暮らしたいと、コルは思った。この惑星では食べ物に困ることはない。生い茂る木はたわわな実をつけているし、肥《ひ》沃《よく》な土壌は根菜やキノコ類の宝庫だ。施設外の自然のなかには動物もたくさんいるが、とても人なつこいため、どうしても肉が食べたい者でも殺すのは忍びないと思ってがまんするだろう。

　〝施設〟というのは森のなかに建つ建物群のことだが、いまのところコルが知っているのはそのうちの一棟だけ。シャーロルクからあてがわれた一種のゲストハウスだ。大小の部屋やホールや通廊に、未知の建築家が設置した技術的驚異の数々が見られる。ここへきて最初の二日間はずっと、それらを堪能することに費やした。

そのあいだ、シャーロルクはコルをほとんどかまわなかった。エトゥスタルにはシャーロルクに似た生物が無数にいた。いずれも非常に小柄で、太い尾骨が目立つ。もとはプテルスなのはまちがいないが、ある時期にプテルス種族から分かれて中心的分派となり、独自の発展を遂げたのではあるまいか。

プテルスが恒星間航行を実現したのは二千年ほど前。それ以降、外宇宙の植民惑星では突然変異が無数に発生した。しかし、そうした変異は散発的に起こるもので、ひとつの分派種族がすべて同じように変異するという例は聞いたことがなかった。もしかしたら、エトゥスタルの住民は意図的に遺伝子操作をおこなったのかもしれない。アナムウンのプテルスと異なる外見を持つことに利点を見いだしたのだろう。

エトゥスタルにもとから住んでいた知性体はいないようだ……施設をつくった未知の建築家はべつにして。とはいえ、ここにその建築家の姿はなく、いるのは太い尾骨を持つ小型プテルスだけだった。かれらの全員が本当に名高いシングヴァなのかはわからない。それに関する質問をしても、答えは返ってこなかったから。そもそもコルは最初から、自分の周囲に暗黙の了解がある気がしていた……〝かれはゲストではあるが、なにを訊かれても知らん顔していろ〟というような。だが、それは見せかけだ。実際はみながこちらをじっくり観察していると、かれは知っていた。シャーロルクが言及した任務のためだろう。自分は試験されているのだ。ただ、それに気づかないふりをしなくてはならない。

あるとき、森を散歩していてお気にいりの場所を見つけた。ジャングルのように鬱蒼《うっそう》としたなかにあるちいさな円形の空き地で、すぐにはわかりにくい場所だ。しかも周囲は木々が密に茂っているため、草の上にすわっていれば外から近づいてくる足音はよくわかる。

この空き地のへりに、真っ赤なかぐわしい花をたくさんつけた低木があって、コルはとりわけ魅了された。はじめてここへきたとき、花のついた枝が一本たわんで近づいたと思うと、かれの意識内に言葉が生じたのだ。

〈わたしはエスタルトゥ〉

最初は驚いた。なにか悪いものを食べたのかもしれない。ある種の食べ物は幻覚を起こすというから。そんなコルの驚きを花が感じとったのだろう、やさしくおだやかなささやきが聞こえた。

〈不安に感じなくていい。わたしはエスタルトゥ〉

コルは思いきって訊く。

「エスタルトゥとはだれだ？」

気がつけば、声に出していた。意識内の思考をかたちにするほうが容易だから。花がメンタルベースで語りかけていることはわかった。

〈エスタルトゥは力強き者〉と、答えがある。〈わたしはエスタルトゥ〉

花はそれ以上なにも語らなかった。この最初のとき以来、コルはしばしば空き地を訪れ、そのたびに花は〝わたしはエスタルトゥ〟とささやきかけた。やがてしぼんで落ちてしまうと、べつの枝についた花が開き、同じ言葉をささやく。プシオン科学に習熟しているコルにはわかった……自分が相手にしている植物は基本的には知性を持たないが、そのニューロン内に、ある未知知性体の意識が刻印されてのこっているのだと。

〝太尻〟たちにエスタルトゥの名前を出してみたところ、知らんふりされた。かんたんな転調装置があればここからエスタルトゥの声をつくりだせることは、当然コルにもわかる。シャーロルクが話していた上位者のことを思いだした。それがエスタルトゥなのだろうか？

その日もかれは空き地にやってきた。永遠に同じメッセージを花から聞かされる気はない。そこで、今回はどこからも枝がとどかない場所に寝そべった。雲ひとつない空を見あげながら自問する。いつになったらシングヴァがきて、わたしをどうするつもりか説明するのだろう。

そのとき、葉がこすれ小枝の折れる音がして、コルは思わず起きあがった。低く朗々とした声が聞こえてくる。

「おお、なんとすてきな場所だろう！」

枝をかき分けてあらわれたのは、堂々たる体格の一プテルスだった。アナムウン軍の制服を着用し、部隊指揮官の記章をつけている。

かれはコルに目をとめ、その場でかたまった。

「これは失礼」と、部隊指揮官。「ちょっと休める場所を探していたのだ。先客がいたとは知らず……」

「どうぞすわってくれ。この空き地はふたりでも充分な余裕がある」

コルはそう答えながらも、相手から目をはなさず観察した。制服のズボンの臀部あたりに太い尾骨は見あたらない。まちがいなくふつうのプテルスだ。

「わたしはコル」と、自己紹介した。「すこし前までティフーンでシフト責任者をつとめていた。アナムウンからここにきた者が自分以外にもいるとわかってうれしいよ」

「尾っぽのなごりを持つちび以外に、ということだな」制服の男はそういって口をとがらせ、しゅっとちいさな音を出した。楽しい気分のあらわれだ。「コルというのか？そんなかんたんな名前で、きみの監督者は満足したかね？」

「イジャルコルというあらたな名前をあたえるといわれた。だが、わたしには合わない。

兵士じゃないのだから」

「そう主張しても、かれらは認めまい」と、部隊指揮官。「わたしのもともとの名はアヤンだ。たしか〝賢明〟を意味するのだが、ここにきてからアヤンネーと呼ばれている。〝賢明な闘争者〟ということ。わたしの場合、兵士じゃないとはいえなかった。結局のところ、八年ものあいだジャラームのジャングルでいまいましいラクシュミン相手に戦いをくりひろげたのだから」

「きみは部隊指揮官にしては若いな」

「ジャラームではどんどん昇進していくんだ」アヤンは苦々しげに、「多数の犠牲を出しながらね。それでも戦いは終わりが見えない」

「われわれのほかに、シングヴァがここへ連れてきた者はいるのだろうか？」

「カ・アルマーという科学者と、ス・フーという女政府職員のことは聞いた。まだ見かけてはいないが」

「シングヴァはわれわれをどうするつもりだろう？」

「かれらには大きな計画があるらしいぞ」コルのつぶやきにアヤンが答えた。「世界にあらたな秩序をもたらそうとしている。われわれがこれまでに見てきたものをはるかに凌駕《りょうが》する技術を持つ連中だ。きっと全宇宙を……あるいはその大部分を……支配する帝国を築くつもりにちがいない」

「そのなかでわれわれはどんな役割をはたすんだ?」

アヤンは腕を前に出し、両手の長い指をひろげた。わからないというジェスチャーだ。

「いつか教えてもらえるだろうよ」

＊

その〝いつか〟となり、シャーロルクがコルの宿所へやってきた。エトゥスタルにきて二週間が過ぎていた。

「そろそろ潮時だ」と、シャーロルク。

「なにが?」

「くればわかる。ついてこい」

シングヴァに連れていかれたのは施設の、これまで外側からしか見たことがないべつの建物だった。下へ通じる反重力シャフトを十二基そなえたひろいホールがある。コルはシャーロルクとともに一シャフトに足を踏み入れ、かなりの時間くだっていった。すくなくとも四百メートルは下降したと思ったとき、ようやく出口が見えてきた。

下降していくあいだ、コルは質問をはさまなかった。なにを訊いてもシャーロルクは答えないだろうと思ったから。上にあったシャフトはどう見ても施設の一部だ。その数や大きさから考えると、ここ……惑星地殻の深部には、地上施設のわずかな建物よりはるかに重要かつ主要な部分が存在するにちがいない。

明るく照明されたひろい通廊を進んでいくと、大きな金属扉に突きあたった。

「この扉から入れ」シャーロルクはそういった。「なかは暗いが、気にするな。きみはなにも見なくていい。重要なのは見られることだから」

この気味悪い言葉とともにシングヴァがわきにどくと、扉が開いた。コルはとほうにくれて暗闇をのぞきこむ。すると、ふいにまばゆい光の円錐につつまれ、闇のなかから声が聞こえてきた。

「奥に進め、イジャルコル！　代理人評議会がきみを検分する」

コルが足を一歩出すと、光の円錐もついてきた。なめらかな石の床を移動しているとわかる。床いちめんに模様が描かれているが、なんの絵柄かはわからない。円錐が光を投げかけるのは直径二メートルの円内だけで、あとはすべて闇のなかだから。

奇妙な感覚にとらえられ、さらに奥へと進んだ。シャーロルクにあたえられた名前は嫌いなはずなのに、意志が麻痺したような感じで、奥に進めといわれてついしたがってしまう。イジャルコルと呼びかけられてすんなり受け入れたのも、同じ理由だ。

あたりには不思議なにおいが漂っている。耳をすましてみると、どこか高いところからしゅうしゅうと、かすかな音が聞こえるのがわかった。部屋の大きさはわからないが、どうやら室内にガスが充満しているようだ。自分の意志を麻痺させたのはこのガスにちがいない。

　そう観察しつつも、すべてが他人事《ひとごと》のようだった。意識に浮かぶ思考が自分のものであろうと、しゅうしゅう音をたてるガスのつくりだしたものであろうと、どうでもいい。シャーロルクにあたえられた名前すら、それほど合わないこともない気がしてきて、かれはおのれの存在を無関心に受けとめた。部屋の奥へ入るにつれて、その無関心さが自信へと変化していく。

「そこでとまれ、イジャルコル！」高所から声がとどろいた。

　いわれたとおりにすると、ふたたび同じ声がこういった。

「これがイジャルコル、代理人たちによって選ばれた者である。代理人評議会は被選者に対して意見表明をおこなうものとするか？」

「エスタルトゥの名において、おこなうものとする」べつの声が答える。

「エスタルトゥ！　赤い花がささやきかけた名前ではないか。

「被選者イジャルコルに対する代理人評議会の意見はいかに？」と、第一の声。

「エスタルトゥの名において、かれは適格だ」第二の声が応じた。

「代理人評議会に問う。われらがその精神をとりこんでいるエスタルトゥは、われわれの決定に賛意をしめすだろうか？」

　こんどは応答はない。しばらくして、第一の声がこうつづけた。

「全員、同じことを感じている。エスタルトゥは評議会の決定を是認した」

なにが起こったのだろう、コルはあらたな確信がおのれのなかに満ちるのを感じた。からだじゅうの神経に、制御できない力が押しよせてくる。自分には〝戦う強さ〟という名前があたえられた。宇宙におわすすべての神々よ、わたしは戦う強さを持っている！　わたしは強い。いつでも戦える。

「代理人評議会の意志は、被選者イジャルコルにどの支配領域をまかせるか？」第一の声が聞こえた。

「エスタルトゥの名において、評議会はかれにシオム・ソムという名の銀河をまかせる。イジャルコルはそこを支配せよ。銀河の居住種族を臣下とし、第三の道を信奉するよう導くのだ。力強きエスタルトゥがわれわれを導いたごとくに」

「絶え間なき戦闘の意志にしたがい、そうするのだ」第一の声が確認した。「なぜなら、力強き者の教えである第三の道は恒久的葛藤だから」

「エスタルトゥの名において」と、第二の声。

室内が明るくなった。そこは白々とした光があふれる巨大なドームで、イジャルコルはとてつもなくひろい円形ホールの中央に立っていた。周囲は円形劇場の観客席に似て、テラス状の階段がぐるりとめぐらされている。どのテラス席も真っ赤なローブ姿の小柄な生物でびっしり埋まっていた。シングヴァだ。数千名はいるだろう。

イジャルコルが驚きから立ちなおるより早く、かれらはいっせいに万歳をし、歓喜の声をあげはじめた。

「イジャルコル……シオム・ソムの支配者！　永遠の戦士の誕生だ……！」

# 2

イジャルコルは目を開けた。放出口からの音はとまったが、法典ガスのにおいはまだ空気中にのこっている。アッタル・パニシュ・パニシャ……オーグ・アト・タルカンの彫像が台座の上から、こちらをおもしろがって見つめているような気がした。

しばらくのあいだ、横たわったままでいた。ダシド室ですごした過去の時間を思いだす。これまではエスタルトゥの息吹が生きる力とあらたな自信をあたえてくれたもの。だが、いまはそれを感じない。

麻薬の効果が薄れてしまったのだ。これが麻薬であり、中毒者に対して力強きエスタルトゥを身近に感じさせるための手段であることは、すでに知っている。もうスロルグは……かれはちなみに、イジャルコルをティフーンからエトゥスタルに連れていったシャーロルクの直系の子孫で、シャーロルクから数えて二百世代めになる……最後に暗黒空間を訪れたあのとき以来、イジャルコルに対してなにもかくしだてしないから。あのとき、スロルグは容赦なく悟らせたもの。法典ガスを吸いこんだ者はみな恒久的葛藤の叡智《えいち》の信者となり、エスタルトゥとの結びつきを感じるようになるのだと。

だが、それはまちがっていた。たしかに麻薬はいまも効き目をしめしているが、作用のしかたが前とはまったくちがう。永久に失ったと思っていた過去の記憶に働きかけるのだから。さっき鮮やかによみがえってきたのは、ソム標準年で四万年以上も前の光景だ。いつ記憶を失ってしまったのか。シングヴァにエトゥスタルへ連れていかれて永遠の戦士にされたことを、どれくらいのあいだおぼえていたのだろう？　それを突きとめる手立てはない。そう考えると、もうシングヴァという名称さえあやしいものに思えてきた。当時、わずかのあいだ表舞台に出てきた強者が、いまはまた袖に引っこんでしまったような感じだ。

かれは反撥フィールド・ベッドから滑りおりた。自分が思索的になっているのがわかる。なぜ法典ガスが以前とちがう作用をおよぼすようになったのだろう。もしかしたらネットウォーカーに敗北したことが原因で、意識構造に変化が生じたのかもしれない。たんなる推論にすぎないが、これは調べないと。いくつか自分で実験してみるしかない。いま明確にわかっているのは、この事実をスロルグに知られてはならないということだ。進行役はいまも、エスタルトゥの息吹が永遠の戦士にあらたな力と自信をもたらすと信じているはず。法典ガスがイジャルコルの意識に働きかけ、とっくに消えたと思っていた記憶をよみがえらせたことは、なんとしても悟られないようにしなくては。

敗北感は去っていた。いまはやるべきことがある。過去の探求だ。永遠の戦士として数千年をすごすあいだ、自分が短期記憶しか持たないことに一度も気づかなかったのはおかしい。法典ガスに判断力を奪われたのか？

なんという愚問だ！　わたしはもうシングヴァのホールに連れていかれたときの、詩を書き歌をつくるのが好きなコルではない！　シャーロルクからあたえられた名前を毛嫌いし、受け入れるのを拒んだ男ではない！　光の円錐に照らされてぼんやりと奥へ進むあいだ、ふたつの声が話しはじめるより前に、ふいに気持ちの変化をおぼえたのではなかったか？　力が押しよせ、エスタルトゥが体内に宿ったと感じなかったか？　おのれが兵士になり永遠の戦士となったことを、にわかに確信したのではなかったか？

法典ガスに判断力を奪われただと？　なんという愚問！

かれはダシド室を出ると、反重力シャフトで宮殿の上階へもどった。スロルグが疑り深く見つめてくる。

「宇宙遊民への攻撃を躊躇《ちゅうちょ》なく開始する」イジャルコルはきっぱりいった。「デソトの挑戦は受けて立たねばならない」

進行役は上機嫌になり、目をグリーンに光らせた。

「思ったとおりだ。エスタルトゥの息吹を吸いこんだのがよかった。あらたな力を得たと感じているんだな？　なにをめざすかわかっているな？」

「わかっている」永遠の戦士は答えた。

＊

かれらは宇宙遊民、あるいは宇宙反乱分子と呼ばれる。恒久的葛藤の哲学を押しつけられるのはまっぴらと考えている連中だ。イジャルコルに隷属した種族がその見返りとして恒星間航行用の超高周波フィールド・エンジンの原理を使うようになったときも、かれらは不信感ゆえに自分たちの旧式な遷移エンジンに固執《こしゅう》した。やがて紋章の門とシオム・ソムの巨大凪ゾーンが生まれ、超高周波エンジンが使用不能になると、プシオン的に空虚な空間を超光速航行できるのは唯一、宇宙遊民だけになったのだ……ゴリム・ハンター以外は、ということだが。

この数千年のあいだに宇宙遊民は追放者となり、自分たちの利益をかえりみないおろか者とみなされた。永遠の戦士がそう吹聴《ふいちょう》してまわったため、かれらのことをまともに相手にする者はいなくなった。

凪ゾーンが消滅し、超高周波エンジンを積んだ船が昔のようにシオム・ソム銀河内をどこでも航行できるようになった今日《こんにち》でも、その状況は変わらない。宇宙遊民に接触する者が、かれらの頑迷なイデオロギーに影響を受けることはなかった。たとえ影響を受けたとしても、いずれにせよもう関係ない。恒久的葛藤の哲学は不評をきわめているし、不可侵だった永遠の戦士の名声は地に落ちたから。イジャルコルは手痛い敗北を喫し、ペリフォルは死んだ。

それでも〝非戦士〟デソトを自任する宇宙遊民のリーダーは、永遠の戦士に挑戦状を突きつけた。通信メッセージを送ったのだ。そのなかで、イジャルコルを尾を持つ侏儒の傀儡《かいらい》と断じ、戦争崇拝の軛《くびき》から逃れよとシオム・ソム銀河の居住種族に呼びかけた。

このメッセージはシオム・ソム銀河の広範囲で受信された。これに対してスロルグはイジャルコルに、ただちに全戦力をもって応じろと迫ったもの。どのみち名声は地に落ちたとはいえ、デソトに好きなようにいわせておけば、戦士の力は永久に失われてしまうといって。

イジャルコルには力も威信もどうでもよかったし、宇宙遊民のリーダーが自分と侏儒の関係について述べたことは真実をいいあてていると思った。それでも、スロルグのもとめは拒絶できなかった。根幹的な話になってくると、意識内のなにかに強いられてしまい、進行役の命令に服従せざるをえなくなるのだ。デソトは永遠の戦士の名誉を傷つけた。名誉は戦争崇拝における三つの基本理念のひとつである。名誉を守れとスロルグに命じられれば、したがうしかない。

しかし、ヒュプノめいた威力を持つスロルグの命令も、細部にまで行きとどくわけではなかった。どういうやり方でデソトに復讐するか、決めるのはイジャルコル自身だ。

かれがなにを考えているかスロルグが知ったなら、ののしって反対するだろう。それでも決意は変わらなかった。

かれはデソトとの一騎打ちを考えていたのである。それが永遠の戦士の威信にふさわしいだろう。宇宙遊民たちを戦闘でいましめることはできない。戦いは無意味になり、恒久的葛藤の理念も効力を失った。すくなくともイジャルコルはそう思っている。かれはデソトの前に歩みでて決闘を申しこむつもりだった。かならずや、相手を打ち負かす。ただし自分もひどい傷を負い、敵より先に息絶えるかもしれないが。

望むところだ。宇宙遊民のもとへ向かう道がおのれの終着点になるだろう。だが、その前にもうすこし過去の出来ごとを思いだしておきたい。

*

それはこの数千年来、ソム人たちが一度も見たことのない眺めだった。夜、キュリオとイジャルコルの二衛星が空にあらわれると、その中間点……キュリオよりはイジャルコルに近いところ……に、光り輝く雲が生じたのである。近くで見ると、ちいさな光点が数千個ほど集まったものとわかる。輜重隊《しちょう》の艦船だった。戦士イジャルコルが艦隊を引き連れ、宇宙遊民の征伐に出発するのだ。

ソム人たちは夜空を見あげ、永遠の戦士の軍勢に畏敬の念をおぼえた。イジャルコルがつい最近、ネットウォーカーのぺてんによって敗北をこうむったのはたしかだが。あの組織は戦士に対し、名誉と見せかけて衛星イジャルコルでの生命ゲーム開催を提案した。そのさい、オファラーの歌声が紋章の門のプシオン構造に干渉を起こすよう仕組んだのである。エスタルトゥの奇蹟であるシオム・ソム銀河の紋章の門は崩壊し、巨大凪ゾーンも消滅してしまった。

しかし、まだイジャルコルは打ちのめされてはいない。かれの助言者スロルグが告知したところによると、戦士は宇宙遊民への軍事行動に出るという。遊民のリーダーがハイパー通信で冒瀆《ぼうとく》的メッセージを流したことへの罰として。

この告知を宇宙遊民も聞いたにちがいない。かれらの権力中枢である難破船の集積場クルサアファルはエフィトラ星系にあって、惑星ソムから遠くないから。光波がエフィトラ星系までとどくのにソム標準年で六十四年かかるが、この距離は輜重隊の艦船なら数分で到達できる。ソム人たちは、追放者連中が大あわてで防衛準備をはじめるようすを想像し、かれらが戦士の軍勢におののくさまを思い描いた。なにしろ、イジャルコルが二衛星の近傍宙域に展開したのは総勢八千隻だ。護衛部隊が七千九百隻、エルファード人の球体船が九十九隻、そして戦士の旗艦《ソムバス》である。惑星ソムで人々が宇宙遊民という名を聞くのは、今回きりだろう。イジャルコルがこれだけの戦力で襲いかかれば、敵はひとたまりもない。

ほとんどのソム人たちはそう思っていた……とりわけ、恒星シオムをめぐる二惑星の岩淬《がんさい》都市に住む退役軍人たちは。永遠の戦士イジャルコルは勝者としてもどってくる。そして六十四ソム標準年後には、夜空に一瞬、輝く雲が恒星エフィトラの光点をとりまくのが見えるだろう。粉々になった宇宙船の墓場クルサアファルの残骸だ。

しかし、それと異なる意見もあった。むろん少数派だが、自分たちは時の推移を見ぬいていると信じる者たちは、イジャルコルのみならず戦争崇拝にまるごと影響がおよぶ大波乱が起こると予想している。

呪われたゴリムについては数千年前から話題にのぼっていた。戦士や恒久的葛藤の哲学に刃向かうネットウォーカーのことだ。かれらはつねに追われている。トロヴェヌール銀河のオルフェウス迷宮に幽閉されれば、そこで自然変異の産物と称する怪物になり、獲物を待ち受けるカリュドンの狩人にしとめられる。これらゴリムを、永遠の戦士が深刻な脅威と見ているのはまちがいなかった。だが、これまでゴリムがひとりでもソムで目撃されたことがあっただろうか？

そんな用心深かったゴリムが、態度を変えたらしい。戦士たちに公然と戦いを挑んできたのだ。恒久的葛藤の信奉者たちはゴリムがまだひそかに活動していたころからその存在を恐れていたが、相手があからさまに攻撃に転じたいま、どんな気分でいるのだろう？　エスタルトゥの奇蹟である紋章の門がついに破壊されただけではない。銀河系と呼ばれるはるか彼方の銀河では、永遠の戦士のひとりであるペリフォルが死を遂げた。エスタルトゥがいなくなったという話も聞く。力強き者はどこか未知の目的地へ旅立ち、その慈悲深き手をもう子供らにさしのべてはくれないのだと。

永遠の戦士たちにとって試練の時がやってきたのだ。そう考える懐疑派のソム人はひと握りとはいえ、ほかの者のようにイジャルコルが宇宙遊民に勝ってもどってくるとは確信できなかった。

ただ、勝ちを確信する者たちでも、イジャルコルの真の計画を知ったらとんでもなく驚いただろう。永遠の戦士が勝利を二の次にしておのれの死を覚悟するなど、信じられないと思ったはずだ。

＊

永遠の戦士はクルサアファルから二光日の距離で艦隊を待機させた。

「なにをためらっている？」スロルグが怒ってがみがみいう。「一発でやつらを壊滅させられるんだぞ。なぜ、ここにとどまるんだ？」

「永遠の戦士として名誉は守る」イジャルコルはおちついて答えた。「罪なき者まで壊滅させたりしない。悪事を働いた当事者を見つけて罰をあたえるつもりだ」

「いつからそれほど名誉を重んじる男になったのかね」進行役があざける。「何千年ものあいだ、すこしでも逆らう者がいたら容赦なく打ち負かしてきたじゃないか。罪があってもなくても、かまわずいっしょくたにやっつけていた」

挑発されてもイジャルコルは平静を失わなかった。いま進行役と論争するのはまずい。まったく逆で、最終行動に出るまではスロルグの機嫌をとっておかなくては。

「きみならわかってくれると思うが」と、気をそらすようにいった。「手痛い敗北を喫したせいか、自己評価が変わってしまったようなのだ。もしかすると、いままで名誉の意味をまちがって解釈していたかもしれない。だから慎重に行動したい。わたしのターゲットはデソトだ。かれに罰をあたえる。頭のおかしなやつにやられるつもりはない」

「シオム・ソム銀河の居住種族に強い印象をあたえなくちゃならんのだぞ」スロルグは意見を曲げない。「戦士の力と冷酷さを見せつけるんだ。そうしてこそ、ネットウォーカーに負けた汚点を返上できるというもの」

「すこし辛抱してもらいたい」と、戦士はたのんだ。「かならず名誉挽回するから。なにごとも拙速《せっそく》は禁物《きんもつ》だ」

進行役は考えこんでイジャルコルを見つめ、

「もう一度エスタルトゥの息吹を吸いこんだほうがいいんじゃないか」と、いう。

この提案は戦士にとって渡りに舟だった。

「たぶんきみのいうとおりだな。このあいだもそれで調子よくなったから」

スロルグは恒星エフィトラのぎらつく光点がうつる大型ヴィデオ・スクリーンをさししめし、

「まだ時間はある」と、告げた。「艦隊がここにいるあいだはなにも起こらないだろう。行ってきていいぞ」

＊

そのダシド室はイジャルコルのプライヴェート領域のすぐ近くにあって、かれの私室からしか入れなかった。むろん《ソムバス》のダシド室はほかにもある。結局のところ旗艦の乗員は例外なく法典忠誠者なので、エスタルトゥの息吹を定期的に吸入する必要があるから。しかし、そのダシド室は永遠の戦士のためだけに用意されたものだった。だれも立ち入ることはできない。

反撥フィールド・ベッドの上でからだをのばす。かれは艦隊の現ポジションを意味もなく選んだわけではなかった。恒星エフィトラは強力な五次元放射体だ。そのハイパーエネルギー・スペクトルには超高周波の要素が高確率でふくまれる。これが法典ガスの効果を強めてくれるものと、かれは予測していた。とはいえ、五次元放射体の性質からそう判断しただけで、どれくらい効果があるかはわからない。それでも、きょうは前回よりも思いだせる記憶が多いはず。

目をつぶり、リラックスしようとつとめる。緊張していてはガスの作用が阻害されるから。数々の不安を意識から追いだし、どうにか平静な状態をつくりだすことができた。命令を口にする。

「エスタルトゥの息吹よ、わたしに触れよ」

ガスが放出され、独特の香りが漂いはじめた。意識がしだいに変化していくのを感じる。ソム標準年で四万年ものあいだ、何度この手順を踏んできたことか。それなのに、法典ガスが自分におよぼす影響を分析してみようとは、ほとんど……いや、一度も思わなかったのでは？　イジャルコルは永遠の戦士ゆえ、プシオン性作用にまつわるトリックや小細工のすべてを知っている。かれの尋問手段はシオム・ソム全域で恐れられたもの。なのに、エスタルトゥの息吹もまた意識を変化させる麻薬なのだと、なぜ一度も思いいたらなかった？　ただし、この麻薬は自分の意識構造に無差別に働きかけるのではなく、プログラミングにしたがって細工されているのだが。

エスタルトゥの息吹は、恒久的葛藤に絶対服従するよう条件づけられている。非常に効果的な洗脳手段だ。中毒性があるため、一度でも法典ガスを吸った者はくりかえし吸入するしかなくなり、恒久的葛藤の哲学から逃れられなくなる。なぜ自分はいままで、これに疑問を持たなかった？

いまなら答えがわかる。法典ガスの分子構造に書きこまれたプログラミングが、あらゆる疑いを捨てるよう意識に働きかけるからだ。これまで何度もここで横になったさい、疑いをいだいたかもしれない。しかし重度の中毒になっていたから、法典ガスのもたらす快感が忘れられなかった。そしてエスタルトゥの息吹を吸いこんだとたん、疑念は消えたのだ……それをいだいた記憶もろとも。

ああ、なんとすべてが明らかになったことか！　自分はいまでも懐疑家で、詩を書き歌をつくるのが好きなコルのままだった。なのに、何度も何度も猜疑《さいぎ》心を奪われていたのだ。

そのすべてを、いま思いだす……

＊

十二銀河帝国が誕生してから、すでに数千年がたっていた。ぜんぶで十二名いる永遠の戦士は押しも押されもせぬ帝国の主《あるじ》となり、それぞれ一銀河を統治している。帝国の公式信仰は第三の道の教えと恒久的葛藤の哲学だ。ウパニシャド学校と名づけられた高等教育機関がすべての文明世界に設立された。また法典忠誠隊が組織され、永遠の戦士の護衛や兵隊やその他あらゆる任務を受け持つことになった。

十二銀河帝国にふくまれる宇宙航行種族の数は十万ほど。そのうち二万八千種族は、永遠の戦士カルマーが統《す》べる巨大銀河エレンディラの住民だ。これまで、そのすべてが戦士法典の掟に服従したわけではなかった。反抗分子はつねにいたし、慈悲深きエスタルトゥの力をもってしても、永遠の戦士があまねく存在することはできない。最後の抵抗種族を征服するまでには、まだ数万年かかるだろう。

とはいえ、戦いの終わりは見えている。十二銀河のどんな勢力も永遠の戦士に抵抗しつづけることはできない。格別に手ごわい種族が戦争崇拝の預言者をじゃまだてしたり、すでに従属したはずの文明種族が正道を踏みはずしたりして大きな困難が生じた場合、エスタルトゥは無限の叡智をもってソトをつかわすから。ソトは戦士のなかの戦士。各銀河の支配者よりもさらに強大な力を有し、不従順な者たちを懲らしめ、変節者を破滅させる。ただ、エスタルトゥやその従者の持つ力に対する恐怖が非常に大きいため、そうした困難はめったに生じない。ソム標準年で二千五百年のあいだに登場したソトは四名のみ。そのうち二名は最初の五百年間にあらわれた。

かつての部隊指揮官アヤンはアブサンタ＝シャド銀河の主となり、いまはアヤンネーと名乗っている。カルマーとなった科学者カ・アルマーはエレンディラ銀河を支配し、政府職員だったス・フーは唯一の女戦士スーフーとしてスーフー銀河を統治する。彼女の名前が銀河名と一致するのはただの偶然だ。ほかの戦士はヤルン、グランジカル、ナスチョル、ペリフォル、ムッコル、シャルク、クロヴォル、トレイシーという。いずれの名前もふたつの言葉を組み合わせてあり、そのふたつめはシングヴァが付加した語で、戦闘、強さ、勝利、名誉、闘争などを意味する。

戦士たちはたがいをよく知っていた。十二銀河全体にまつわる諸問題を話し合うため、ときおり集まっていたから。

ほんのたまにだが、それでも定期的に、戦士のひとりがエスタルトゥに召喚された。ある意味、表彰のようなものだ。力強き者は永遠の戦士をきちんと順番どおりに召喚し、どんな状況であれそのルールは破られなかった。だれかが冷遇されたり、ひいきされたりすることはない。栄誉は十二名全員に等しくあたえられた。

召喚に応じるには、暗黒空間にある惑星エトゥスタルにおもむくことになる。そこでなにがあったかについては全員が口を閉ざし、だれもほかの戦士にその話をしなかった。直近で召喚を受けたのはイジャルコルだ。かれは《ソムバス》でエトゥスタルに向かった。かつてシャーロルクが約束したとおり、二千五百年前にかれがシオム・ソムを支配すると決まって以来、この《ソムバス》は旗艦となっている。

イジャルコルは相《あ》いかわらず懐疑家のままだった。詩人や歌い手になりたいと思っていたあのころから、生来の性格は変わらない。むろん、当時のことはもう忘れている。旗艦のプライヴェート領域で豪華なふかふかのベッドに寝そべり、たいして食欲もないのに高級な飲食物を浮遊ロボットに用意してもらういま、ティフーンのシフト責任者だった過去を思いだすことはない。それでも、あらゆるものを疑ってかかるのはいままでも好きなことのひとつだった。かれは自問をはじめた。

なぜ永遠の戦士はみな、エトゥスタルでの出来ごとを話さないのだろう？　特権者ばかりの親密なグループ内で、口にしてはならない秘密などあるのか？

だが、イジャルコル自身も答えられない。エトゥスタルを訪れたときの記憶がないからだ。そこに秘密にすべきものがあったどうかもわからない。ほかの戦士はなにかを記憶していて、実際にかくそうとしているのかもしれないが、なぜかそれはありえない気がした。だれひとり、エトゥスタルでの出来ごとをおぼえていないのだ。

おぼえているのは、自分がたしかにエトゥスタルに行ったことと、そこで魂を強化されて帰ってきたことだけ。魂を強化されたと思うのは、エスタルトゥとコンタクトしたからにほかなるまい。永遠の戦士の魂に触れることができるのはあの上位者以外にありえないから。だが、エスタルトゥとの邂逅《かいこう》がどのように起こったのか、力強き者の外見はどうだったのか、それはだれも知らなかった。惑星そのものの環境も、曖昧《あいまい》な印象しかのこっていない。ぼんやりおぼえているのは、生い茂る熱帯植物や人なつこい動物たちのこと。ジャングルのなかのどこかに庭園のような空き地があって、〝施設〟と呼ばれるいくつかの建物があったこと。施設は地下にもひろがっているように思えたこと。動植物に知性はないものの、メンタルベースで話しかけてきた。内容は理解できたが、その背後にどういう意味があるのかはわからなかった。

それだけだ。イジャルコルは二千五百年のあいだに三十一回、暗黒空間にある惑星エトゥスタルを訪れたというのに、その記憶は数百語で語りつくせてしまう。

それに関してもうひとつ。プテルスの平均余命はソム標準年で百八十歳だが、かれはすでに二千五百歳をこえている。なぜこれほど長寿なのか？

答えはわかっていた。エスタルトゥが自分を若返らせているのだ。力強き者が贈り物のひとつとして、永遠の戦士に相対的不死をあたえたのだろう。ただ、どうやってそれができるのか？　イジャルコルは科学技術に関する知識が非常に豊富で、どんな分野でも専門家なみといっていい。かれは奇蹟を信じてはいなかった。あらゆるものごとには論理的説明がつく。有機生物の自然な衰えを阻止するのはむずかしいはず。エスタルトゥが不死の秘密をほかの者に、まして永遠の戦士に披瀝《ひれき》するとは思えないが、それでもせめて自分の命がのびていることは感じとりたかった。エスタルトゥが自分に若返りプロセスをほどこす瞬間を、意識をたもったまま体験したい。

さらにもうひとつ。これで三つめだが、解明したいことがあった。エトゥスタルには明らかにプテルスを出自とする生物がいる。過去三十一回、訪問するたびに出会っているはずなのだが、よく思いだせない。平均的なプテルスより小柄で、尾がある。その姿を思い浮かべると……正確には、思い浮かべようとして必死に精神を集中すると……記憶にある映像はぼやけて消えてしまい、〝シングヴァ〟や〝代理人〟といった単語が意識のなかに渦巻くのだ。それらは尾のある侏儒に関連する言葉で、きっと遠い過去には毎日のように聞かされていたはずだが、いまではもう使われていなかった。

これらに対して、シャーロルクのことははっきり思いだせる。とはいえ、最初の出会い以来ずっと見ていないし、あの太尻はとっくにこの世を去っただろう。シャーロルクはシングヴァだったが、ほかのシングヴァたちはどこへ行ったのか？　なぜ、だれもかれらのことを話題にしない？

自分の記憶には穴があるのだ。おそらくエトゥスタルに到着したら、こうしたことに頭を悩ませなくなるのだろう。しかし、いまこの瞬間、かれのいちばんの関心事はものごとの関係を明らかにすることだった。たとえ自分に直接関わりのないことだとしても。そもそも、おのれの存在において重要な意味を持つ内容をこれほど知らなければ、たしかな自信など持てるはずはない。エトゥスタル滞在の主目的は戦士にその自信をあたえることではないのか。エトゥスタルに行けば気持ちはなだめられるだろうが、イジャルコルはそれをもとめていなかった。かれがほしいのは鎮静ではなく、真実なのだ。

立ちあがり、食事や飲み物をいらいらと押しのけると、

「個人用コード！」と、命令を発した。

艦載コンピュータに多数あるプロセッサーのひとつが応答する。

「個人用コードには優先権があります」

「どういうことだ？」と、イジャルコル。

「これから記録する内容はだれも閲覧できないということです。もちろん、あなたをのぞいて」

「本当か？」

「質問の意味がわかりません」

「わたし以外、本当にだれも閲覧できないのか？　有機生物もコンピュータも？　エトゥスタルにいる、ちびの尾っぽ生物もか？」

「だれもできません」コンピュータが確言する。

イジャルコルはひと呼吸するあいだ躊躇したのち、

「いまから話すことを記録せよ」と、きっぱりいい、こうつづけた。

「以下の疑問に対して、わたしは答えを見つけただろうか。

エトゥスタルから帰還した永遠の戦士が、滞在中のことをおぼえていないのはなぜか？

わたしはエスタルトゥに会ったか？

エスタルトゥはどうやってわたしを若返らせた？

ちびの尾っぽ生物は何者で、どういう役割をつとめているのか？

シングヴァや代理人たちはどこへ行ったのか？

以上、記録完了」

「記録しました」と、コンピュータ音声。「これをどうしますか？」

「エトゥスタルから帰還するさい、艦がシオム・ソムまであと半分の道のりにきたら、この記録を再生しろ。データのかたちでなく、わたしが話したとおりに……わたし自身の声で」

「了解しました」

「個人用コード、終了」永遠の戦士は告げた。

＊

《ソムバス》がエトゥスタルの高軌道をめぐるあいだ、イジャルコルはひとり搭載艇でエスタルトゥの世界におりていった。着陸は完全遠隔操作でおこなわれる。どこにあるのかわからない地上ステーションが、イジャルコルの乗った搭載艇を最初から最後まで管制するのだ。

艇は木々にかこまれたひろい平地に着陸した。わずか数キロメートル先には〝施設〟と呼ばれる建物群がある。艇が地面につくかつかないうちに、平地のはしから一グライダーが近づいてきた。イジャルコルは艇首エアロックから外に出る。グライダーのほうもすでに停止していて、透明な大型ハッチふたつが開いたと思うと、操縦席から尾っぽ生物が一名あらわれた。身長は戦士の四分の三ほどで、むきだしの尾は地面にとどきそうになっている。

「真実の世界にようこそ、戦士！」と、侏儒はいった。「わたしの名はシュロルク。エトゥスタル滞在のあいだ、きみの指導役をつとめる」

イジャルコルは疑り深い目で尾っぽ生物をじっと見た。どうも気に食わない。永遠の戦士たる者、へりくだった態度をとられるのに慣れているのだ。それからすると、このちびはあまりに自信満々なようすをかくそうともしないではないか。

「わたしにはかつてシャーロルクという指導役がいた」と、むっつり応じる。「きみの名前が非常に似ているのはなぜか？」

「シャーロルクはわが祖先だ。何世代も前だが」と、シュロルク。「かれの子孫はみな、その名前を受け継いできた。われわれの言語が時とともに発展を遂げたため、言葉も削られたり変化したりして、シャーロルクがシュロルクになったのだ」

「きみの年齢は？」イジャルコルは訊いた。

「三十歳だ」即座に答えが返ってくる。ただ、その基準となるのがソム標準年なのか、惑星エトゥスタルの一年なのかはわからない。もしかしたら、九ソム標準年にあたるマルダカアン年で計算しているのかもしれなかった。「さて、これできみの知識欲も満たされたかな。では、宿所に案内させていただこう」

その口調には敬意がこめられているように聞こえた。イジャルコルはグライダーに乗りこむ。機は飛び立ち、施設に向かった。その建物の配置には見おぼえがあった。だが、これから数日すごすことになる快適にしつらえられた宿所を見たとき、戦士の記憶はおぼろげになる。前にここにきたことがあっただろうか、なかっただろうか。

「これからなにをする？」イジャルコルは訊いた。「いつ、エスタルトゥに迎えてもらえるのだ？」

尾っぽ生物は上機嫌で目を輝かせ、

「力強き者との面会を待ち焦《こ》がれているのだな。じつによろこばしい」と、褒めた。「きみがそうしたいなら、すぐにも準備にとりかかるが」

「そうしたい」イジャルコルはきっぱりいう。

シュロルクは戦士を連れて手入れの行きとどいた庭園を通りぬけ、べつの建物に入った。そのなかに殺風景《さっぷうけい》な小部屋がひとつある。自分の宮殿のダシド室に似ていると、イジャルコルは思った。ただ、こちらのほうがより質素で、かたそうな椅子二脚のほかはなんの調度もない。アッタル・パニシュ・パニシャの彫像も見あたらなかった。

「すわってくれ！」シュロルクが指示する。「エスタルトゥに対面する者は純粋な良心の持ち主でなければならない。そのためにここで準備するのだ」

「わたしは純粋な良心の持ち主だ」イジャルコルは主張した。

ここでは自分のダシド室とちがうやり方でガスを放出するらしく、なんの音も聞こえない。それでもイジャルコルは、ふいにエスタルトゥの息吹が空気中に満たされたのを感じた。息吹が意識のなかに押しよせ、頭がぼうっとしてくる。

「その言葉は真実か？」シュロルクの声には疑念がにじみでていた。

本当なら憤慨するべきだったろう。ちびの分際で戦士の言葉を疑うとはなにごとか、と。しかし、怒りは湧いてこなかった。湧いてもよさそうなものだが。かれはただ、尾っぽ生物のあつかましさに驚いただけだ。

「艦載コンピュータに通信をつなげ！」シュロルクが命令する。

イジャルコルは逆らえなかった。何者も戦士に命令などできないのに、それでも尾っぽ生物のいうとおりにするしかない。小型の通信機を作動させる。肩かけとズボンからなるコンビネーションに装備された技術機器のひとつだ。エトゥスタルの上空ほぼ三万キロメートル地点にいる《ソムバス》の艦載コンピュータが即座に応答。

「ご用はなんでしょう？」と、うやうやしく訊いてくる。

「〝最後に個人用コードで記録した内容を再生しろ〟と、いうんだ！」そうシュロルクに命じられ、イジャルコルはまたもしたがった。

「まだとりきめた時間ではありませんが、それでも再生しますか？」と、コンピュータ。

「そうだ」その言葉があまりにすんなり出たので、イジャルコルは自分でも驚いた。

「では、再生します」その後、戦士自身の声が流れてきた。

「以下の疑問に対して、わたしは答えを見つけただろうか。

エトゥスタルから帰還した永遠の戦士が、滞在中のことをおぼえていないのはなぜか?

わたしはエスタルトゥに会ったか?

エスタルトゥはどうやってわたしを若返らせた……?」

コンピュータによる再生が終わり、通信接続が切れると、殺風景な小部屋に長い沈黙がおりた。イジャルコルの頭は混乱をきわめていた。いま起こったことが現実なのかどうかもわからない。とにかく、かれの力ではとめようもなかった。おのれの意志を失ってしまったのだ。

「疑うことはエスタルトゥの無謬性《むびゅう》を冒瀆するのに等しい」ふいにシュロルクが口を開いた。「疑念をいだいたのだな。でなければ、コンピュータにあのような記録をのこすはずがない。エスタルトゥはきみに力と自信のほか、長寿までもあたえた。だが、強き者は懐疑家には容赦ない。一度だけなら許されるが、ふたたび疑ったりすれば、地位も命も失うことになるぞ。エスタルトゥには秘密などなにもない。きみの知らないことがあるのは、それを知ったところで役にたたないからだ。今回だけは質問に答えてやる。だが、二度とよけいなことは訊かないほうが身のためだと思え……」

＊

「エトゥスタル滞在の目的はふたつある」と、シュロルクは語りはじめた。「ひとつ、きみがエスタルトゥの叡智を心から信じ、第三の道の正当性や恒久的葛藤の絶対性を確信するようになること。ふたつ、きみの身体細胞を若返らせること。超高周波の放射を浴びせることで、自然の老化プロセスを中和するのだ。永遠の戦士はみな、最終目標が達成されるまで生きながらえる必要があるから。最終目標とは、われらの宇宙船が行きつくところすべてに恒久的葛藤の哲学をひろめること。これは非常に広範囲におよぶぞ、戦士よ。きみの統治するような銀河が数百どころか、数千は存在する宙域だ」

侏儒はそこで言葉を切る。イジャルコルが話についていけないように見えたのだろう。だが、かれは全身を耳にして聞き入っていた。シュロルクの言葉が意識の奥に沈んでいく。けっして忘れないだろうという気がした。

「エトゥスタル滞在中のことを戦士がおぼえていないのには、べつだん理由もない。あるとすれば、ひとつだけだ。記憶はきみを錯綜《さくそう》させ不安にさせる。だから、出発前に理性が印象を消してしまうのだ。同じことが若返りプロセスでも起こる。それから、こうも訊いていたな……〝わたしはエスタルトゥに会ったか？〟と。いや、戦士よ。きみはエスタルトゥに会っていない。なぜなら、エスタルトゥはもうここにはいないからだ。

だいぶ前にわれわれのもとを去った。のこったのはその遺産である高度発展技術と第三の道の教えだけ。

これが先ほどいった、エトゥスタル滞在中のことをきみがおぼえていない理由だ。エスタルトゥにけっして会えないことを忘れさせるため、記憶を消す必要があるから。エスタルトゥがもうここにいない事実は秘匿《ひとく》しなければならない。力強き者がわれわれのもとを去ったことを知れば、恒久的葛藤の哲学を疑う者も出てくるだろう」

ここで尾っぽ生物はふたたび間をおく。イジャルコルは内心で震えていた。なんと恐ろしい真実が明かされたことか！　自分の歩みをつねに見守ってくれると信じていた力強き者はもう存在せず、エスタルトゥの叡智が遺産のなかにしかのこっていないとは。驚愕すべき考えが頭に浮かぶ。エスタルトゥの遺産を管理する者の任務は、賢くふるまうことなのだ！　シュロルクのいうとおりだと、イジャルコルは本能的に感じた。エスタルトゥが本当はもういないことを、絶対だれにも知られてはならない。

「〝エスタルトゥはどうやってわたしを若返らせた？〟と訊いていたが、戦士」侏儒はつづけた。「すでにいったとおり、超高周波放射が全身の細胞を生まれ変わらせ、老化プロセスを防ぐのだ。それ以上の詳細は技術的な内容で、きみが知る必要はない。ここまででも多くのことがわかっただろう。不可抗力や事故で命を落とすことはあっても、病気や老化ではきみは死なない。

〝ちびの尾っぽ生物は何者で、どういう役割をつとめているのか？〟との質問もあったな。きみがそのように失礼な呼び方をするわれわれこそ、エスタルトゥの真の継承者さ。力強き者はその遺産をわれわれに託した。われわれ、上位者の代理人なのだ。知識と技術手段を手にしているゆえ、われらシングヴァが十二銀河帝国の真の支配者といえる。一方、永遠の戦士はわれわれの命令を遂行する傀儡にすぎない。われらが陰の存在でいるのは、そのほうが好都合だからだ。そのために長い時間をかけてすこしずつ変異を重ね、尾っぽを持つちびの姿になった。これならだれが見ても、われわれが帝国の権力構造においてなんらかの役割をはたしているとは夢にも思うまい。

これがきみの疑問に対する答えだ、戦士。われわれ、陰の存在でいると決めたときから、〝代理人〟や〝シングヴァ〟という語が忘れられるようにつとめてきた。世間はわれわれをプテルスのつまらぬ副産物とみなすだろう。たとえばソトの宮廷道化師《どうけ》と思うかもしれない。だが、実際に力を手にしているのはわれらなのだ」

そこでシュロルクは口をつぐんだ。話は終わったということ。

侏儒の告白にイジャルコルは打ちのめされ、もうなにも考えられなかった。ここに航行してくるあいだ、あれこれ疑問をくりだしつつ、だれかが……エスタルトゥその人かもしれない！……自分に対して不正を働いているのではないかとほぼ確信した。だが、まさか自分が尾っぽ生物の操り人形だったとは、想像だにしなかった。それを知ったいま、魂の奥深くに痛みをおぼえる。このあつかましいちび、よくまあ臆面もなく信じがたい事実をさらけだしたものだ。跳びかかって八つ裂きにしてやりたいと思ったが、シュロルクはそこまで計算ずみだったのだろう、イジャルコルの意識はこの時点ですっかりエスタルトゥの息吹にやられており、自立した行動がまったくできない状態だった。

「さて」と、尾っぽ生物はいった。「これですべての質問に答えたのだから、コンピュータに保存した記録を消去しろ。あたえていた指示もとりけすんだ」

イジャルコルは文句もいわずにしたがう。ほかに選択肢はない。

「では、次に」シュロルクは戦士が《ソムバス》艦載コンピュータとの接続を切ったのを確認してから、「力強きエスタルトゥがきみに恩寵《おんちょう》をあたえる。特別に大量の息吹を浴びるがいい」

こんどは突然、ガスの放出音が聞こえてきた。殺風景な小部屋に大量の法典ガスが充満する。シュロルクはなんの影響も受けないが、戦士の意識はたちまち混濁《こんだく》しはじめた。失神する前に耳に入ってきたのは、侏儒のこんな言葉だった。

「いま知った事実はみな、きみには関わりのないこと。きみがそれを知ったことで、われわれは脅かされるかもしれない。きみがここを去る前に、知識をすべて消しておかないとな……」

# 3

イジャルコルは周囲を見まわした。あまりにまざまざと過去がよみがえったため、まず現実世界を把握しなおす必要があった。いま自分がいるのは旗艦のダシド室だ。《ソムバス》は総勢八千隻の艦隊とともに、エフィトラ星系から二光日はなれたポジションにいる。

かなりの量の法典ガスを吸ったおかげで、これまで失われていた記憶の本質的な部分が意識にふたたび押しよせてきた。

そういうことだったのか！

当時、エトゥスタルを去ったときはなにもおぼえていなかった。自分が疑問をくりだしたことも、その答えを得たことも。あのとき、エスタルトゥの存在をおのれの内に炎のごとく感じたもの。力強き者の特別な好意を確信し、エスタルトゥじきじきのアイデアである新プロジェクトに邁進《まいしん》するべく躍起になった。それはシオム・ソム銀河の中核部に巨大転送ステーションを建造するというものだ。このステーションを〝紋章の門〟

と名づけようと決めた。これがのちにシオム・ソムにおけるエスタルトゥの奇蹟と呼ばれるようになる。

あのときシュロルクが摂取させたエスタルトゥの息吹は通常の倍量もあったため、その作用は長くつづいた。イジャルコルは数千年ものあいだ、力強き者が存在することにも、自分が一銀河の統治者であることにも、なんの疑いも持たなかったのである。だが、いまになってふたたび疑念が舞いもどってきた……とはいえ、ぼんやりしたものだが。まだ記憶がそこまで活性化されていないので、ずっとあとの時代に起こった出来ごとをくわしく思いだすところまではいかない。しかし、あと一、二回ダシド室に入れば、自分の人生に起こった重要なことはすべて思いだせるだろう。

かれはダシド室から出た。スロルグと話をしていた場所に直接もどることはせず、しばらくプライヴェート領域ですごす。そこで服を着替えた。昔よく好んで着た黒と銀色の素材のコンビネーションだ。上下がつながったデザインで、襟は顎に触れそうなほど高い。胸のところに第三の道のシンボル、三本の矢を持つ三角形が光り輝いていた。腰につけた太いベルトにはマイクロ装置の数々とその操作エレメントをさしこんである。

装備をととのえると、スロルグが待つホールのような司令室にもどった。鏡面の床の中央に設置されたポデストに歩みよる。その上に置かれた堂々たるシートは、大きさと装飾からして玉座と呼んでもいいくらいだ。

スロルグは壁ぎわにうずくまり、長い尾を腕の下にたくしこんでいた。そうやって永遠の戦士を考え深げにじっと見つめるさまは、まったく罪のない印象をあたえる。〝世間はわれわれをプテルスのつまらぬ副産物とみなすだろう。たとえばソトの宮廷道化師と思うかもしれない〟というシュロルクの言葉を、イジャルコルは思いだした。

「いまから攻めこむ」戦士はいった。

「いいぞ」と、スロルグ。「エスタルトゥの息吹が功を奏したようだな。どこに攻めこむんだ？」

「クルサアファルにきまっている」返事はそっけない。

「艦隊あげて集中砲火を浴びせるということだな」

「永遠の戦士の栄光を誹謗した者を探しだすのだ」と、イジャルコルは威厳をもって応じた。「その張本人と協力者に罰をあたえる」

「クルサアファルを殲滅しないのか？」スロルグがいきりたつ。

イジャルコルは軽蔑するように舌打ちし、

「クルサアファルなどがらくたの寄せ集めではないか。殲滅する必要がどこにある？」

「弱腰になるな、戦士！　戦いの戒律を理解していないのか」

「よく理解しているとも」戦士はいいかえした。「ひとつ警告しておく。おのれの力をどこまでわたしにおよぼすべきか、きみは知っているはず。わたしを戦いに駆りたてるのはいい。だが、どういうやり方で戦うか、それを決めるのはわたし自身だ！」

＊

宇宙船の墓場クルサアファルがどのような経緯で誕生したかについては、さまざまな噂や伝説がある。だが、確固たる定説はない。もっとも信憑性《しんぴょう》が高いのは、はるか昔に永遠の戦士の部隊とエフィトラ星系の反乱軍のあいだではげしい宇宙戦争が勃発したという言い伝えだ。実際、激戦だったにちがいない。というのも、クルサアファルにある難破船の数はゆうに十万隻を超えるから。しかし、当時だれが永遠の戦士と戦ったのか、それについては伝えられていない。

そのため、ほかの説も流布《るふ》していた。たとえば、シオム・ソムの宇宙航行種族が永遠の戦士から超高周波ハイパーエネルギー・エンジンを贈られたさい、それまで使用していた宇宙船は一夜にして用ずみとなったわけだが、そんな船の残骸が宇宙船の墓場に持ちこまれたというもの。そうした種族は遷移エンジンや半空間エンジンを積んだ船を虚空に置き去りにし、数千年がたつうち、かつての誇り高き宇宙船はみじめなスクラップと化したわけだ。だが、この説は論理的に無理がある。さまざまな宙域で不要になったはずの旧式艦船がなぜ特定銀河の特定ポイントでいっしょくたに見つかったのか、説明がつかないから。

どのような真相であろうと、とにかくクルサアファルというのは目をみはるべき構造体だった。どうやら遠い過去、恒星エフィトラから三十光分以上はなれた想像上の周回軌道に沿って難破船を配置する試みがなされたらしい。大部分は成功し、宇宙墓地は長さ数光秒の部分リングのような形状になった。遠距離から見れば細い三日月を思わせるかたちだ。しかし近くで見ると、あちこち隙間があったり、ところどころ溶接されてくっついた残骸でふくらんだりした個所があるとわかる。こうした構造体が安定した軌道を描けないことは明らかだ。おそらく遊民たちは数千年のあいだ、宇宙墓地が分断されたりしないよう、何度も残骸の配置を調整しなおしてきたにちがいない。

　恒星エフィトラをめぐる惑星はただひとつ。天文データではストロビラという名で知られる。表面の八十五パーセント以上は水で、主星からわずか四十二光分の距離にあるが、その周回軌道半径はクルサアファルのそれよりもゆうに八光分は大きい。イジャルコルが艦隊をひきいて星系に近づいたとき、ストロビラとクルサアファルは直近の〝合〟を迎えたばかりだった。いま両者の距離は十一光分ほど。

　クルサアファルやそこで暮らす宇宙遊民について、永遠の戦士はほとんど知らない。ほかの宙域でならそこらじゅうで遊民たちを追っているゴリム・ハンターも、エフィトラ星系にはめったに近づかない。恒星エフィトラの五次元放射が半空間エンジンの制御システムに悪影響をおよぼすからだ。

宇宙船の墓場で暮らす者は八十万名から三百万名といわれる。宇宙遊民の船がエフィトラ星系に何隻やってくるかによって、人口が増えたり減ったりするのだ。多くの難破船では呼吸可能な空気や適温や人工重力などを確保するため、技術設備の補修がおこなわれている。クルサアファルの住民は数十の異なる種族で構成されており、その出自はシオム・ソムだけでなくほかの銀河にもおよぶ。

ここ数百年でますます聞かれるようになったのは、原住種族エフィトラ人が宇宙遊民のもとで指導的役割をはたすようになったという話だ。永遠の戦士が入手した資料では、エフィトラ人に関する記述は見あたらなかった。そのことと、エフィトラ人が最近になって登場したことをあわせて考えると、この種族の故郷惑星は凪ゾーンにあるのだろう。紋章の門が建造されてからようやく宇宙航行技術を確立したと思われる。だから、エフィトラ人に関する資料がどこにもないのだ。

同じく、惑星ストロビラに関するデータもほとんどなかった。

記録を見るかぎり、これまで永遠の戦士に派遣されてストロビラに着陸した者はおらず、高軌道上から観測したことがあるのみ。その報告によれば、ストロビラは比較的温暖な惑星で、酸素呼吸生物に適した酸素大気が豊富にあるという。だが、生物が住める陸地がすくないため、居住する利点があるかどうかはわからない。いいかえると、入植しても拡大していける領土が充分にないということ。

《ソムバス》はいま、そこから二光日のポジションにいる。すぐにも到達できる距離だ。艦隊が展開するのはクルサアファルが描く軌道内で、宇宙船の墓場から八光分はなれている。いずれの艦船も戦闘準備ができていた。イジャルコルは〝玉座〟がある司令室ホールで一連の計測結果を艦載コンピュータに報告させる。《ソムバス》および護衛部隊の数百隻が射出したマイクロゾンデが、宇宙墓地を至近距離で観測した結果を旗艦のコンピュータに送ってきたのだ。それとはべつに、永遠の戦士が部隊指揮官や各艦船の命令権者たちと通信連絡をとるためのゾンデもある。

司令室にはスロルグもいた。相いかわらず、戦士のやり方に納得がいかないようだ。

「相手はどこの馬の骨とも知れない宇宙放浪者の一団だぞ！　なのに、まるで大戦争をはじめるかのような装備じゃないか」と、嚙みつく。

「超高周波域の計測はすべてネガティヴ」コンピュータが報告した。「とらえた背景放射は弱いものです。つまり、クルサアファル宙域に千名以上の有機生物はいないということ」

「これでわかっただろう」イジャルコルはスロルグのほうを見もせずにいった。「かれらは逃亡したのだ。全戦力をつぎこむメリットなどない」

「それでもせめてシグナルは出すべきだ！」侏儒が大声をあげる。「永遠の戦士をばかにしたらどうなるか、遊民のやつらに教えてやれ！」

「コンピュータ、ほかにエネルギー活動の兆《きざ》しはあるか？」イジャルコルは訊いた。

「わずかですが」と、応答がある。「重力ジェネレーター、小型発電機、電磁送信機などの散乱インパルスがあります。先ほど述べた少数の要員たちの需要を満たすためのエネルギー活動と思われます」

「宇宙遊民たちはどこへ行ったのだろう」と、戦士。「わずかな要員だけがいまものこっているのはなぜだ？　コンピュータ、どう思う？」

「きみを罠にかけるためにきまってる！」スロルグが叫んだ。「わからないのか？　やつらを殲滅するんだ」

「宇宙遊民は退却したのでしょう」コンピュータの答えだ。「自分たちは戦力で劣るため、争いに巻きこまれたくないと考えたのです。だから、ここにのこった者たちは基本的に本来の意味の要員ではありません。さまざまな種族の代表による個人の集団という性質から考えると、いまクルサアファルにとどまっているのはおそらく、いわゆる〝不改心者〟と思われます。なじみの場所を捨てたくないのです」

「こちらがどうする気だと思っている？」

「たぶん、あなたが自分たちを見逃すものと考えています」

永遠の戦士はしばしためらったものの、

「それはできない」と、結局はいった。「わたしは情報がほしいのだ。デソトがどこにいるか突きとめないと」

「ご命令は？」と、コンピュータ。

「プシオン・ショック前線を張れ」イジャルコルは答えた。「相応の装備を持つ部隊に指揮をまかせよ」

「そのように指示します」

「あと、搭載艇を一機、通常の要員をつけて用意しろ。クルサアファルを内部から見てみたい」

「搭載艇を用意します。四分後には要員が乗りこめるように」

「そんなに急がなくていい」イジャルコルの声には張りがなかった。「どっちみち、わたしもまだ身支度があるから」

＊

その難破船の外殻は、太古の巨大要塞の壁のごとく搭載艇の前にそそり立っていた。宇宙空間の暗黒のなか、鋸壁《きょへき》のような切れこみが恒星光に反射するが、あとは不気味な闇と沈黙につつまれている。

イジャルコルは思った。すこし前なら、自分はこの光景を見てもなんとも感じなかったはず。伝説のとおり、おのれの艦隊がこの巨大船をスクラップに変えたのだとしても、せいぜいわずかな勝利感をおぼえる程度だったろう。

だが、もう勝利感などとっくに消えたし、このグレイの金属塊から死臭が漂ってくるように感じる。スクラップは完全に見捨てられているのがわかった。かつてここで作業し、船内生活をいとなんでいた未知生物たちの亡霊が見える。永遠の戦士の無謬性を信じることなく、恒久的葛藤に背を向けて、独自の道を歩んだ者たちだ。どういう面々だったのだろう？

そのとき、ふいにべつの疑問が浮かんできた。もっと重要で根源的な疑問が。

戦う相手のことを知らずして得た勝利など、いったいなんの意味があるのか？

イジャルコルの搭載艇は難破船のエアロック近くにドッキングした。一エルファード人の指揮のもと、要員たちが降機の準備をする。エルファード人の棘《とげ》つき装甲には第三の道のシンボルが描かれていた。永遠の戦士の登場には、それ相応のしたくが必要となる。公衆の面前にあらわれるときはかならず供を連れていくのだ……たとえその公衆が難破船のなかにいる三十名ほどであっても。

危険を恐れる必要はなかった。護衛部隊の八十隻が高エネルギー・プロジェクターを使い、ハイパー空間経由でプシオン・ショック前線を張ったから。この前線は通常空間に物質化したさい、メンタル性ショック波に変化して宇宙墓地のすぐ近くでひろがる。クルサアファル内で意識をたもっている者はだれもいないはず。

イジャルコルは立ちあがり、エアロックに向かった。永遠の戦士が通過するあいだ、要員たちは恭順の姿勢でじっとしている。かれは幻影の甲冑《かっちゅう》を身につけていた。これは全長三メートルにおよぶ赤錆《さび》色の金属製構造物で、上から三分の一のところにくびれがひとつある直立したシリンダーのようだ。奇蹟の技術品といっていい。

難破船内に入る道はすでにつけてあった。搭載艇がドッキングした場所は真空だったため、戦士はエアロックを通過。その向こうでエルファード人が護衛隊員五名とともに待っている。一行は動きだし、投光器を作動させた。光芒がしみだらけのグレイの金属壁を照らしだすと、通廊の突きあたりに大型ハッチがあるのがわかる。エルファード人が一歩前に出て、機器をとりだした。これを使えば、古い宇宙船によくあるかんたんなエレクトロン開閉メカニズムならなんなく解錠できるのだ。ハッチが開き、中くらいの搭載艇が充分に入るスペースのエアロック室が見えた。照明がまたたき、ハッチが閉まって、空気の満たされる音がする。

エアロック室を出ると、ひろい通廊があった。こちら側はエアロックの反対側よりも基本的に良好な状態らしい。空気は呼吸可能だとエルファード人が報告。護衛隊員たちは宇宙服のヘルメットを開いた。通廊は両側の壁に旧式の技術装置がならぶ円形の一空間へとつづいている。その中央に、ジョイントシート四脚からなる調度があった。シートは休息できるように倒されており、生物四名が横たわっている。眠っているようだ。

「わきによけろ！」永遠の戦士は命じた。甲冑の音響サーボ・システムで増幅された声が雷鳴のごとく響きわたる。

護衛部隊はしたがった。イジャルコルはジョイントシートに近づき、睡眠状態の者たちを長いこと見つめる。いくら見たところで、どういう種族に属するのかはわからないだろうが。

「かれらを目ざめさせよ！」と、エルファード人に指示した。

＊

イジャルコルは無意識に甲冑の機器類にメンタル命令を出していた。こうした場合に実行される決まったプロトコルがあるのだ。長く考える必要はない。ホログラム・プロジェクターが着飾ったプテルスの姿をうつしだす。天井にとどくかと思うほどの大きさである。

眠っている者のうち一名が目を開けた。まぶたの皮膚はグレイで、紙のように皺だらけだ。半球形の目玉が赤く光り、大きな瞳孔《どうこう》の奥はスチールブルーに輝いている。

未知種族ゆえ、その表情を読むことはできないが、イジャルコルには相手がなにを感じているかすぐにわかった。顔に驚きの念があらわれたから。異人は長く細い両脚をからだに引きよせた。そうすることで目の前の怪物から身を守れると思ったかのように。

その瞬間、永遠の戦士は自身を恥じた。ほかの者を恐がらせ驚かせるこの甲冑がつくづくいやになったのだ。つい最近エトゥスタルからもどって以来、ますますそう感じるようになっている。群衆の前で醜態をさらし、みじめな思いをさせられたから。こんなプロジェクションは放棄したいが、そんなことをすれば望みを達成できないいま事態が終息してしまうとわかっていた。このまま恐ろしい怪物の役をつづけるしかない。

「立って永遠の戦士に恭順の意をしめすのだ！」と、おののく異人に命じる。音響システムが増幅した大声のせいで、あとの三名も目をさまし、最初の一名と同じ反応を見せた。不安が顔に宿っている。

命じた相手が立ちあがったのを見て、イジャルコルはほっとした。この男はソタルク語がわかるのだ。

「おまえの名前と種族名をいえ」戦士の声がとどろいた。

異人は声を出そうとして三回失敗したのち、やっと薄い唇を震わせながらいった。

「わ、わたしの名はプランクノルで……種族は……ヴェリサンドです」

「もちろん宇宙遊民だな」と、脅すような声。

「いえ……ちがいます、統治者。宇宙遊民ではありません」と、プランクノルが弁解する。「ヴェリサンド種族に宇宙遊民はいません。われわれ、前からここに住んでいます。

だからほかの者が引きあげたあとものこっているのでして」

「ほかの者はやはり逃亡したのか。永遠の戦士を恐れてか？」

「そうです、統治者」

「どこへ逃げたのか話せば命は助けてやる、ちび」

すると、おかしなことが起こった。ヴェリサンドに変化が生じたのだ。からだが大きくなったように見えたと思うと、痩《や》せた顔がきりりと引きしまり、大きな目が独特な輝きをはなつ。ためらいや不安はみじんもないようすで、はっきりいった。

「ならば、わたしは命を失ったも同然です、統治者。宇宙遊民たちの行き先を知らないので。かれらはなにもいわずに出発しました。あなたがここにあらわれてそう質問するとわかっていたのでしょう」

エルファード人が不穏な動きをした。永遠の戦士に向かってこれほど自信たっぷりに話す異人に怒りをおぼえたのだ。

「どのみち白状させます、戦士閣下」と、棘のある鎧《よろい》をつけたエルファード人がいった。

「こちらにはそれなりの手段があるので……」

「もういい！」イジャルコルは乱暴にさえぎった。「かれはなにも知らないのだ。死ぬまで拷問したところで、得られるものはない」

エルファード人のヘルメット格子の奥で鬼火のようなグリーンの光点がはげしくまた

たく。永遠の戦士がこんなふうに話すのを、これまで聞いたことがなかったから。

「プランクノルの言葉は真実です、統治者」ほかの三ヴェリサンドのうち一名が口をそえた。「わたしも自分の耳で聞きました……艦隊のコースに関する情報をここにのこる者たちに教えるなと、ダグルウンが命じるのを」

「艦隊！」永遠の戦士が声をとどろかせる。「やつら、艦隊を所有しているのか？ ぜんぶで何隻だ？」

「あなたはプランクノルを最悪の事態から守ってくださった、統治者。その質問になら答えられます。ダグルウンが発進を指示したとき、ここにはぜんぶで五千隻いました」

「ダグルウンとは何者か？」

「クルサアファルの命令権者です、統治者」

「種族は？」

「エフィトラ人です」

イジャルコルはさらに質問を重ねるつもりだったが、ここで搭載艇の操縦室から警告シグナルが入った。コンピュータ音声が聞こえてくる。

「そちらのすぐ近くであらたなエネルギー活動をとらえました。インパルスは微弱ですが、起爆メカニズムからくるものと思われます。危険ですので、ただちに艇におもどりください」

エルファード人もこれを聞いていて、すかさず反応。

「撤退せよ！」と、号令をかけた。「永遠の戦士の命はなんとしても守らなければ」

護衛部隊が位置についたが、イジャルコルはまだためらっている。

「一刻を争います、閣下」エルファード人は戦士を急《せ》きたてた。

奇妙だ、と、イジャルコルは思った。この男は自分の命を惜しんでいない。それなのに、もしわたしが死んで自分が生きのこることになれば、生涯ずっと不名誉の烙印《らくいん》を押されてしまうのだ。

「急ぐ必要はない」と、きっぱりいう。「まだヴェリサンドたちに訊きたいこともあるしな」

エルファード人は立ちつくした。永遠の戦士の決定に逆らうことはできない。そのときである。

「驚いたな、イジャルコル」と、力強い声が響いた。丸天井のどこからか聞こえてくるようだ。「きみは即座に身の安全を確保するものと思っていたが」

不思議にも、永遠の戦士は愉快でおちついた気分だった。いまや、状況はだいたいわかったから。かったから。退却した宇宙遊民たちが罠をしかけていたということ。この近くのどこかに起爆装置のマイクロプロセッサーがあるのだ。複雑に入り組んだ待機回路によって作動しているのだろう。最後の回路が実行されたらプロセッサーがインパルスを発信し、それが爆発物に送られて破裂する仕組みだ。そうなったら、さぞセンセーショナルな見ものだったはず。宇宙遊民たちも、永遠の戦士をかんたんに殺せるとは思っていなかっただろうから。

だが、イジャルコルはなんの不安もいだかなかった。おのれの命などどうでもいい。かれが愉快に感じたのは、スロルグのいうとおりだと思ったからだ。実際に罠があった。もし、それにはまってイジャルコルが死んだなら、あの尾っぽ生物は怒り狂ってあちこち壁をよじのぼるだろう。永遠の戦士がいなければ、すべて無意味になるのだから。たしかにスロルグやその同族は権力を持つが、それを使うには戦士が必要なのだ。

「わたしは身の安全を確保できている」かれは見えない相手に向かって答えた。「みすぼらしい爆弾なんぞに脅かされはしない。ここのヴェリサンド四名や難破船内にいるほかの者は殺せても、わたしを殺すことはできないぞ。ちなみに、臆病者は軽蔑されてもしかたない。きみは臆病者だ。そうでなければ姿を見せるはず」

「大口をたたいたな、こけおどしめ」あざけるような声が高所から聞こえる。「わたしはいま近くにいないのだ。だが、姿を見せてやろう」

空中にヴィデオ・スクリーンが物質化したと思うと、一ヒューマノイド生物の頭部がうつしだされた。頬骨のしっかりした顔。細い半月形の眉の下にある目はグリーンで、瞳孔は黒い。むらさきがかったグレイの豊かな髪を後頭部で渦巻き状にかためている。

薄い黄褐色の唇の下にはみじかい髭《ひげ》の生えた細い顎があった。だが、その顔でもっとも目を引くのは、つねに肌の上を動いているちいさな黒い色素だ。埋めこまれた黒点が、青白い皮膚の下で泳ぎまわっているように見える。

「きみのことは知っている」と、永遠の戦士。「わたしに悪事を働いた男、ヴェト・レブリアンだな」

「デソトと呼んでもらおう」相手は答えた。

*

「笑わせる称号だな、頭に毛の生えた者よ」イジャルコルはばかにした。「自分がなにに巻きこまれたか、そもそもきみはわかっているのか？　きみのメッセージはとっくに方位探知されている。その周囲のすべてもろとも、いますぐに消えてしまうことになるぞ」

「リスクは承知のうえだ。たいしたリスクじゃないと思うが」と、デソト。「先にまず死ぬのはきみだ。その艦隊がどれほどの行動能力を持っていようと、永遠の戦士がいなくなればなにもできない」

「きみにはわたしを殺せない。永遠の戦士は不死だから」

「ペリフォルの例があるじゃないか」デソトがあざける。「しかし、こうして話していても時間のむだだ……このあいだにも起爆装置は動いている。さっきもいったが、きみには驚いたよ。数年前に会った戦士とは別人のようだ。それでも、この宙域に困窮と苦悩をもたらす勢力の代表であることに変わりはない。わたしはきみと優劣を競う覚悟ができている……闘士と闘士の戦いだ。この申し出を受けて立つなら、起爆装置はとめてやろう」

イジャルコルは興奮して考えをめぐらせた。レブリアンの申し出は、まさに自分の望むところだったから。だが、すぐ跳びついてしまっては、かろうじてのこっている永遠の戦士の権威がだいなしではないか？　シングヴァたちが法典ガスの助けを借りて自分にあたえた地位になど、なんの忠誠心も持っていないが、おのれが死ぬ前にデソトにだけは勝利したい。

「起爆装置は好きにしろ」と、軽蔑をこめて辛辣《しんらつ》に応じた。「永遠の戦士たる者、ちちな爆弾なんか恐れはしない。だが、気をつけたほうがいいぞ。きみはこれまで長く生きてきたようだが、その命もあと数時間だ」

レブリアンの顔の黒い色素がはげしく動きはじめた。じっと見ていると目眩《めまい》を起こしそうだ。イジャルコルはデソトの目に視線を集中させた。その目はなにか考えこんでいるように見える。

そこへいきなり、搭載艇の操縦室からコンピュータが連絡してきた。

「起爆装置は作動停止させた。もうシグナルを感知できません」

「あやしい動きはおさまりました。もうシグナルを感知できません」


「ふむ。きみもなかなかしぶといな」と、レブリアン。「起爆装置は作動停止させた。だが、勘ちがいするなよ。命の危険が去ったわけじゃない。永遠の戦士が不死でないことはペリフォルが証明している。わが申し出を拒むなら、この場できみを殺す」

「わたしになにかを強制できると思うのか、おろか者」イジャルコルは平然と答えた。

「名誉ある戦いなら望むところだ。その厚顔無恥《こうがんむち》を懲罰する。きみを探せというならそうしよう。きっと見つけだし、現ポジションから一光分の範囲をすべて粉々にしてやる。あるいは、いま自分がどこにいるか、戦いの場をどこにするか、ここで告げるがいい。そうしたら提案どおりにしよう。闘士と闘士、一対一の戦いだ」

「きみの名誉にかけて……本気だな？」デソトが訊く。

「わが名誉にかけて……本気だ」と、永遠の戦士。

「惑星ストロビラで待つ」

イジャルコルはなんとか驚きを押しかくして応じた。

「ここから遠くない。すぐに会えるだろう」

「永遠の戦士の名誉にかけて……とりきめた条件どおりに」

「永遠の戦士の名誉にかけて」イジャルコルはすこしためらったのち、皮肉めいた、ややいぶかしげな口調でつづけた。「きみはまったく考えていないのか？　自分が勝利したらどうなるか」

レブリアンの顔の黒点が動かなくなる。デソトは口をゆがませ、大きな目に奇妙な炎を宿して答えた。

「わたしが勝利したら、きみは死ぬ。そうすれば、永遠の戦士イジャルコルの帝国は滅びる。それが数千年来めざしてきたわたしの目標だ」

イジャルコルは敵の顔を長いことじっと見つめた。エスタルトゥの精神にかけて……デソトの計画どおりにいくのを、どれほど自分は願っていることか！　永遠の戦士の帝国は崩壊すべきなのだ。恒久的葛藤の哲学は実際は堕落をもたらす邪教だと、公《おおや》けにされるべきなのだ！

しかし、そう考えていると自分が口に出すのは言語道断である。だから、かわりにこういった。

「ずいぶん高い目標だな。それにふさわしい威厳をもってきみが戦うよう、期待している」

＊

ムリロン人がもどってくるのをいまかいまかと待っているのは、ペリー・ローダンであった。永遠の戦士とデソトの会話の一部始終を、同行者たちとともにモニターで追っていたのだ。ヴェト・レブリアンは単独でイジャルコルと話すと主張し、古い一ゴリム基地の通信室からハイパー通信コンタクトをとった。クルサアファルとの接続は五分前に切れたが、通信室のハッチは閉まったままだ。戦士との会話を終えて、デソトはなにやら考えこんでいるらしい。かれがなにを考えているのか、ローダンにはわかるような気がした。イジャルコルがこれまでとちがうように思えたから。外見はたしかにいつもの永遠の戦士で、身長五メートルにもなる幻影の甲冑を身につけていたが。

だれかが腕にそっと触れる。横を向くと、エイレーネがほほえみかけていた。

「ちゃんと起きてるか、たしかめようと思って」と、小声でいう。「なんだか、とっても……心ここにあらずに見えたから」

ローダンはほほえみかえし、娘の手をとって抱擁してから、ならんだ同行者たちを順ぐりに見た。アトラン、フェルマー・ロイド、ラス・ツバイ……みな、宇宙遊民を支援しようとやってきたのだ。紋章の門が破壊されたあと永遠の戦士がまずなにをするか、明白にわかっていたから。イジャルコルは傷ついた面目をとりもどす必要がある。おのれの力が損なわれていないことをしめすには、宇宙遊民を見せしめにするのがいちばんだろう。

ローダン一行がいる古いゴリム基地はスバング海の海底にあった。ほぼ水惑星のストロビラでは、このように名前がついている海域は数すくない。スバング海は、惑星で唯一の大陸から南方の大洋にのびるふたつの岬のあいだにある。この基地はネットウォーカーが建造したなかでもかなり古いもののひとつだが、シオム・ソム銀河に凪ゾーンがあるあいだは手つかずだった。エフィトラ星系をはしるプシオン・ネットに優先路がなかったため、ネットウォーカーは近づけなかったのだ。

紋章の門が破壊されたおかげで以前の状態がもどり、巨大凪ゾーンも消えた。それまでプシオン的に真空だったシオム・ソム宙域はふたたびプシオン・ネットで満たされ、惑星サバルの面々もすぐに反応した。宇宙遊民を援護しなければならない。永遠の戦士は侮辱されたことへの復讐欲に燃えて、かれらに襲いかかるだろうから。ストロビラは遊民たちの本拠クルサアファルからすぐ近くだ。ローダンは娘エイレーネをふくむ同行者四名とともにゴリム基地へ向かい、遊民たちのあいだで非戦士デソトとして知られるヴェト・レブリアンにコンタクトをとった。永遠の戦士を挑発しろとデソトにいったのは、ローダンのアイデアだったのだ。〝攻撃は最大の防御〟という、古代テラの戦闘指揮官が提示した理論にかなうやり方だと思ったから。

ところが、ヴェト・レブリアンはイジャルコルとの対決に自分なりのイメージを描いていたらしい。リスク覚悟の行動に出ると決め、宇宙遊民たちをクルサアファルからストロビラに避難させたのである。永遠の戦士のことだ、一度の核攻撃で惑星をいともかんたんに放射性の霧に変えてしまうかもしれない……そういってローダンが責めると、デソトは答えた。

「あなたは戦士を見誤っていると思う。シオム・ソムにおけるエスタルトゥの奇蹟が消滅したとき、かれは自尊心を傷つけられただけではなく、性格まで変わったはず。あれほどのショックを受ければだれだって、魂の構造転換と無縁ではいられない」

〝魂の構造転換〟という言葉を聞いて、いかにも技術万能主義者らしい言いまわしだと、ローダンは内心おもしろがった。その後、ひそかに自分なりの準備にかかる。近くにある複数の恒星を対探知の楯にし、ネットウォーカーの宇宙船四十隻を待機させたのだ。イジャルコルが致命的武器を持ちだす兆しがすこしでも見えたら、その部隊が戦士の旗艦に襲いかかることになっている。ストロビラにも、避難してきた宇宙遊民二百万名のほか、エフィトラ人も三つの変態段階を合わせた総数で数十億はいる。

だが、ムリロン人のいうとおりだったらしいと、いまローダンは思った。イジャルコルは本当にものの考え方を変えたのかもしれない。その言葉には率直さがうかがえた。

ここで通信室のハッチが開いて、ヴェト・レブリアンが出てきた。革製のコンビネーションといういつもの格好だ。表面がすり切れて褐色になっており、かなり古いものに見える。背には腰までとどく背嚢《はいのう》のような入れ物を背負っていた。かれがときおり〝生命維持装置〟と呼ぶ装備だ。トロヴェヌール銀河のオルフェウス迷宮にとらわれていた二千年のあいだにこしらえたものらしい。

その目は輝き、顔の黒点が踊るような動きをしていた。

「イジャルコルが勝ち……わたしも勝ったぞ！」と、叫ぶ。「かれはわたしの爆弾にひるまなかった。だが、こちらもほしいものをすべて手に入れた」

「イジャルコルに関してはそうだろう」アトランが口をはさんだ。「かれがとりきめを守るなら、リスクも報われるというもの。だが、進行役についてはどうなのだ？　スロルグはイニシアティヴを奪われたと考えるかもしれない。そうしたら、どうなる？」

レブリアンは口角をあげてにんまりした。人間のようなしぐさだ。

「そこが成功のポイントさ」と、答える。「敵艦隊がしたがうのは永遠の戦士の命令のみ。スロルグはイジャルコルを無力化できても、宇宙船の指揮官たちをしたがわせることはできない。搭載コンピュータすらいうことを聞かないだろう。進行役は最初から、自分たちが陰の存在でいることを重要視してきた。かれらの命令どおりに動く操り人形は永遠の戦士だけ。つまり、かれらはみずから墓穴を掘ったわけだ。われわれにとり、スロルグなど恐れるにたりない」

「だといいが」アルコン人は重い声で応じた。

「これほどみじめな姿の永遠の戦士など、いままで見たことがない！」スロルグがわめきちらした。「きみは戦士に必要なすべての条件から逸脱した。腰抜けめ。もう用はない！　解任する。わたしがきみを永遠の戦士にしたんだから、破滅させるのもこのわたしだ！」

# 4

イジャルコルは搭載艇でクルサアファルから旗艦にもどったところである。ヴェリサンドのことは、難破船のなかにいれば生活には困らないだろうから、ほうっておくことにした。そして司令室に入ったとたん、待ちかまえていたスロルグが文句をいいだしたのだ。進行役は難破船での出来ごとを遅滞なく追っていた。イジャルコルとデソトの会話を一語もらさず耳にしたということ。

戦士は高揚感にあふれていた。目標に近づいたのだから。尾っぽ生物の非難の言葉も、油膜の上を流れる雨粒のごとく滑り落ちていく。

「わたしを永遠の戦士にしたのはきみじゃない。代理人評議会だ」と、自信ありげにいいはなつ。スロルグが驚きで目をみはったのをたしかめ、「わたしを破滅させるなど、もっとできやしないぞ。結局シングヴァ種族がそのように仕組んだのだから。シングヴァは集団だと力を持つが、ひとりひとりはきみと同じ無力でちっぽけな尾っぽ生物だ。代理人評議会にわたしの解任動議を出すことはできても、評議会がそれを承認するかどうかはわからない」

スロルグは金切り声をあげて跳びあがり、両手両足を吸盤状にすると、四つん這いになって壁伝いに疾走しはじめた。無分別な衝動にまかせて天井までのぼったあと、ようやくおりてくる。勢いよくジャンプして、戦士のすぐ前に立った。

「こいつは多くを知りすぎた！」と、制御できない怒りを爆発させる。「記憶をとりもどしたんだ。まずいぞ。こうなったら、もう……」

イジャルコルは両手を前にのばし、侏儒の首根っこをつかんだ。スロルグの文句が途中でとまる。

「もうひとつ、おぼえておけ」戦士は恐ろしいほどの冷静さでいった。「わたしはきみとちがって、パニシュ・パニシャになるための訓練を受けている。シングヴァには権力があるが、わたしには肉体の力がある。あとひとことでも気にいらないことを口にすれば、握りつぶすぞ。きみには子供がいるのか……シャーロルク、シュロルク、スロルグとつづく悪魔の系統の継承者が？　もしいないなら、その系統もここでとだえることになるな」

かれが手を引っこめると、スロルグはよろめきながらわきによけた。その目は憤怒に燃えている。だが、もうなにもいおうとはせず、急いで出口に向かった。ハッチが閉まる前に、イジャルコルは背中に呼びかけた。

「エスタルトゥの息吹で元気をつけてくる。これほどくだらない話をしたあとだから、力強き者の明瞭さが必要だ」

＊

今回は待つ必要もなかった。ガスの放出される音がしたとたん、記憶がもどってきて、過去への旅が遅滞なくはじまる。最初に思いだした光景は、いま現実にいるのと同じ場所……《ソムバス》のダシド室だ。

当時はまだアッタル・パニシュ・パニシャの彫像はなく、かわりに、高さ三メートルのホロ・プロジェクションが初代〝師のなかの師〟の姿をうつしだしていた。反撥フィールド・ベッドもなかったため、イジャルコルは脚を組んで床にすわりこんだもの。向かいには異人がふたりすわっていた。〝パーミット〟保持者のゴリムだ。ああ、よくおぼえている！　かれ自身がトロヴェヌールのオルフェウス迷宮に追放した者たちなのだから。

ソム標準年で十二年半後、ふたりは自力で迷宮を抜けだしたのち、イジャルコルについてシオム・ソム銀河にやってきた。かれは敬意をもってふたりに接した。みごと迷宮を脱出できた者には栄誉があたえられるべきと、自分でそういう決まりにしていたから。ゴリムふたりに〝シオム・ソム銀河の自由人〟という名誉称号を授けたところ、かれらのほうも、なにかイジャルコルに大きな栄光をもたらしたいと申しでた。そこで戦士は、自分のため特別に衛星イジャルコルで開催される生命ゲームの運営を、ふたりにまかせることにした。

これが終わりのはじまりだった。ゴリムはとんでもない計画をたくらんでいたのだ。ネットウォーカーに吹きこまれたものらしい。いつものように生命ゲームでオファルの合唱団が登場したさい、その歌声が紋章の門の超高周波フィールドとプシオン性共鳴作用を起こすように仕組んだのである。最初に王の門が崩壊すると、それが衝撃波を引き起こし、のこりの門すべてが同じ運命をたどることになった。

あのとき、ゴリムふたりをどれほど憎んだことか！　かれがつくったエスタルトゥの奇蹟を、シオム・ソムの巨大凪ゾーンを、破壊したのだから。その後ゴリムを捜索したものの、ふたりとも空気のように逃げてしまった。ネットウォーカーが手引きしたのだろう。

ただ、いまこの現実においては、もうかれらを憎んでいない。すべては運命で決まっていたのだとわかったから。ロワ・ダントンとロナルド・テケナーも戦争崇拝の終焉《しゅうえん》を決定する運命の道具にすぎなかったのだ。

当時ふたりがつけていたのは、ソト＝タル・ケルから贈られたパーミットだった。イジャルコルはティグ・イアンという名の新ソトの役割についてふたりと議論し、かれらが銀河系と呼ぶ銀河がティグ・イアンによって脅かされることはないとわからせようとしたもの。恒久的葛藤の哲学がひろまるのは自然のなりゆきで、いずれ抵抗する者はいなくなるだろうから、と。

そんな話をしていたとき、突然、ダシド室のハッチが開いて尾のある侏儒が入ってきたのだった。エトゥスタルに住む小型プテルスのひとりだ。甲高《かんだか》い声でこういった。

「わたしを歓迎せよ！　わたしはスロルグ、案内役だ。賢明なる超越知性体エスタルトゥの力の集合体の中心部まで、きみたちを安全に先導する。賢明なるわれらの超越知性体は、コスモクラートになることを放棄した。エスタルトゥを称えよ！」

これがスロルグとの最初の出会いだった。そのとき以降、似た名前を持つ祖先たちと同様に、戦士のエトゥスタルへの航行にはかならず助言者としてつきそうようになる。

ただ、このときイジャルコルには同行者が三名いた。戦士のこぶしを持つテラナーふたりと、ムリロン人ヴェト・レブリアンである。エトゥスタル滞在のあいだ三名がなにをしていたのか、かれは知らない。そのことは記憶にもなかった。あるのはただ、その旅のさいに自分がロワ・ダントンとロナルド・テケナーをオルフェウス迷宮に追放したという記憶だけだ。

当時、イジャルコルはいつものごとく、十二ある搭載艇の一機でエトゥスタルに着陸した。尾っぽを持つ侏儒がダントンとテケナーとレブリアンを迎え、連れ去ったのはおぼえている。スロルグは戦士のもとにのこり、かれを快適なしつらえの宿所に案内したもの。

「《ソムバス》にいたとき、きみは妙なことをいっていたな」スロルグが出ていこうとしたとき、イジャルコルはそう話しかけた。「エスタルトゥの賢明さと、コスモクラートになるのをやめたことと、どうつながるんだ？　コスモクラートとはなにか？」

スロルグは片腕の下に尾をたくしこみ、もう一方の手でなでた。戦士の質問に答えたものかどうか、考えこんでいるようだ。だが、とうとう椅子をひとつさししめす。

「すわってくれ。そう訊きたくなるのも無理はない。わたしが自分でいったことだしな。話をするあいだ、楽にしていてほしい。三つやそこらの単語で答えられるものではないから」

＊

「有機生物の発展というのは段階的に進む」と、スロルグは語りはじめた。イジャルコルはくつろいだ姿勢で耳をかたむける。「段階があがっていくと知性体に進化する。われわれがいるのはこのレベルだ。わたしもきみも、ソム人やパイリア人も、キュリマンやウルフォも、ゴリムも。ほかにも頭に浮かんでくる種族がたくさんあるだろう。みな、このレベルにいる。

だが、それはけっして進化の最上段ではない。さらに進化したかたちの、上位者として知られる知性体がいる。われわれの上は超越知性体だ。宇宙全体にどれくらい存在するかはわかっていないが、かなりの数がいるのはまちがいない。それぞれ、ある銀河グループの精神的中枢を形成している。こうした銀河グループが超越知性体の支配領域であり、力の集合体と呼ばれる。

われわれに関係する超越知性体は唯一、恩寵の源であるエスタルトゥだけだ。その帝国にわれらは暮らしている。エトゥスタルに召喚されたのだから、あすにはきみも超越知性体の存在を感じることだろう」

イジャルコルはいま、現実にダシド室の反撥フィールド・ベッドでしずかに横たわりながら思いかえす。自分はあのとき、スロルグの言葉をすんなり受け入れた。なぜなら、エスタルトゥがもういない……すくなくとも、ここには存在しない……という記憶は、とっくに消されていたから。

「超越知性体の上にも高位の存在がいて」スロルグはつづけた。「そのなかには、全宇宙に権力を拡大したいと考える者もいる。超越知性体はさらに進化する可能性を持っているのだ。各進化の中間段階についてはほとんど知られていないが、超越知性体の多くはコスモクラートかカオタークになる。われわれの知る進化の最上段は、いまのところそのふたつだ。さらに上があるのかどうかはわからない。

コスモクラートは秩序をめざす勢力の代表だ。かれらは宇宙の発展を規律ある道筋に沿って導きたいと考えている。それと対極にあるのがカオタークで、すべてはできるかぎり無秩序であるべきだと考えている。どちらもとてつもない権力を持つが、ふつう、われわれの宇宙における出来ごとに直接は関与できない。自分たちの計画を実行するには、下位の知性体……すなわち、われわれを使う必要があるのだ。きみやわたしや、ほかの者たちを。

そんなわけで、コスモクラートもカオタークも、自分たちに従属して任務を遂行する種族や種族グループをつねに探している。十二銀河の居住種族もそうした要求を押しつけられたもの。だが、エスタルトゥにはべつの考えがあった。秩序の勢力にしろ混沌の勢力にしろ、どちらか一方に肩入れするのは損だと早い段階で気づいたのだ。われらが超越知性体はそのかぎりない叡智をもって、第三の道の理念を編みだした……すなわち、コスモクラートでもカオタークでもなく、どちらに属する種族にもなんら義務を負わない独立独歩の道ということ。

というのも、遠い昔にエスタルトゥはこういったのだ。〝一方に秩序という命題《テーゼ》が、もう一方に混沌という反対命題《アンチテーゼ》がある。両者がつねにぶつかり合うことで統合《ジンテーゼ》にいたる。どちらにも偏らない自然の展開である。われわれはこれをめざす〟と。

これが恒久的葛藤の基本理念だ、わが戦士よ。〝つねにぶつかり合うこと〟によって正しい道が見つかるのだと、賢者はいった。われわれ、その基本理念にしたがって行動している」

イジャルコルは考えこんだ。スロルグの話を聞いているうちに疑念が浮かんできたのだ。それを言葉にするのはむずかしかったが、やっとこういった。

「エスタルトゥが意図したのは精神的なぶつかり合いのことだと思うのだが。厳格な秩序という考えも、エントロピー増大を呼びかける混沌の思想も、哲学的概念だ。だから、ジンテーゼも同じく哲学のレベルで追求すべきものだろう」

スロルグは怒りに目を光らせ、憤慨した口調でいいかえした。

「そんなことをいうのは冒瀆だ。そのような考え方をしてはならない。エスタルトゥの智恵は、生涯ずっと力強き者の教えに触れてきたわれわれがいちばんよく理解している。〝ぶつかり合い〟が意味するのはその言葉どおり、対決であり、戦いだ。これに関して二度と疑いをいだくんじゃない」

イジャルコルはまだ納得できなかったが、この話題をつづけるのはやめにする。

スロルグはその後もほとんどの時間、イジャルコルのそばにいた。ときにしつこいと感じるほどで、何度もこういったもの。

「いつでも質問していいぞ。わからないことは明確にしたほうがいい。そのためにわたしがいるんだから」

だが、それはイジャルコルの知識をひろげるためというより、かれがなにを考えているか質問内容から察知するのが目的だと思われた。実際イジャルコルは情報に飢えていたのだが、それでもスロルグの態度に警戒心をおぼえた。なにがあっても恒久的葛藤の哲学を疑っていると思われるような質問をしてはならない。

エトゥスタルでの滞在二日め、十二銀河における奇蹟のことが話題にのぼった。

「エスタルトゥの奇蹟はゴリム連中への罠だと、わたしは理解しているのだが」と、イジャルコル。「それにしても、あまりに浪費がすぎるのではないか。たとえばシオム・ソムの紋章の門は銀河中枢部に巨大凪ゾーンを生みだした。おかげでその宙域にゴリムが侵入できなくなったのはたしかだが、コストはどうだろう？　転送機ネットを維持するにはとてつもないエネルギーが必要で、恒星やブラックホールからかろうじて供給しているありさまだ。おまけに転送機ですべてカバーできるわけではないから、全宇宙船に二種類のエンジンを搭載しなくてはならない。ゴリムを排除するのにそれだけやる価値があるのだろうか？」

「エスタルトゥの奇蹟をつくるというのも力強き者の命令なのだ」スロルグが答える。

「超越知性体はこういった。〝テーゼとアンチテーゼがぶつかり合ってジンテーゼにいたるとき、宇宙の発展に奇蹟が起こる。奇蹟はそこにありつづけ、疑う者も最後には信じるようになる〟と。わかると思うが、その奇蹟をつくる使命がわれわれにあたえられたのだ。どれほどコストがかかるかなど、二の次だよ。エスタルトゥの奇蹟は、われわれが恒久的葛藤の哲学にしたがって正しい道を進んでいることの証左《しょうさ》でもある」

とても通じない理屈だとイジャルコルは思ったが、口にはしなかった。たとえスロルグのいったのが本当にエスタルトゥの口から出た言葉だとしても、奇蹟が〝起こる〟と述べたのであって、奇蹟を〝つくる〟ではない。恒久的葛藤の信奉者たちはめちゃくちゃな因果論を展開している。エスタルトゥは〝正しい道を進めば奇蹟が起こる〟といったのだ。かたや恒久的葛藤主義者は、〝奇蹟をつくったから正しい道を進んでいる〟という理屈である。

「わたしが思うに」イジャルコルはべつの方向から、もともとのテーマに迫ることにした。「エスタルトゥの奇蹟はすべて、プシオン・ネットとも呼ばれる超高周波ハイパーエネルギー性ネットをゆがめることを目的としているようだ。これは偶然なのか、それともなにか狙いがあってのことか？」

「われわれはアッタル・パニシュ・パニシャの指示にしたがっている」スロルグはおご

そかに答えた。「かれこそエスタルトゥの教えをもっとも的確に解釈し伝える者。かれがわれわれに教えたのだ……奇蹟というのはとどのつまり、力強き者を讃美するのが目的だから、超高周波ハイパーを使ってつくるのがとりわけ効果的だと。その言葉どおりに実行した」

「アッタル・パニシュ・パニシャとは何者なのか？　われわれの種族には属さないようだが。異人にちがいない。どこからきたのだろう？」

「偉大なる師の過去を口にしてはならない」スロルグが警告した。「アッタル・パニシュ・パニシャを見たという者も、その噂を聞いた者も数千年来いないのだ。ただ、そのような賢者は永遠の生命を持つと考えられるから、いずれまた姿を見せるだろう」

侏儒は話をそらそうとしている。そう気づいたイジャルコルは質問をくりかえした。

「かれはどこからきたのだろう？　どの種族のメンバーなんだ？」

「わたしには答えられない」スロルグが白状する。嘘ではないようだとイジャルコルは思った。「アッタル・パニシュ・パニシャはエスタルトゥが子供たちにくださった贈り物だ。その出自については語られていないし、いまどこにいるかもわからない」

それ以上わかることはなかった。きょうのところはもう質問しないほうがよさそうだ。

それからの数日は、いつもと同じプロセスがくりかえされた。イジャルコルは何度かダシド室で、頭がぼうっとするまでエスタルトゥの息吹を浴びた。その結果、疑念はすべて消え去り、すこし前まで納得できなかったことも突然はっきり理解できるようになった。しかしいま、この現実において思いだしたのは、当時はエスタルトゥ自身に召喚されたと信じていたこと。スロルグとの最後の会話については、いまのいままで忘れていたにちがいない。そうでなければ、不思議に思ったはずではないか……エスタルトゥその人が存在するのなら、なぜその教えを解釈し伝えるアッタル・パニシュ・パニシャが必要なのか、と。

あのときも、それまでのエトゥスタル滞在となんら変わりはなかった……ふたりのゴリムが突然、ある行動に出るまでは。あのときエトゥスタルへの同行者が三名いたことも、イジャルコルは長いあいだ忘れていた。異人三名にまつわる衝撃的事実がふたたび記憶のなかに呼び起こされる。

＊

永遠の戦士はダシド室での最後のルーチンを終え、宿所にもどったところだった。猜疑心から解放されて、リラックスする。近く手をつける予定の計画あれこれについて考えはじめた。そのうちもっとも重要なのは、ネットウォーカーの秘密基地を徹底的に捜索すること。

こんどこそ、いまいましいゴリムの悪行を永久に断つのだ。

そのとき、宿所のドアが開いてスロルグが飛びこんできた。骨張った顔は怒りにゆがみ、いらだたしげに長い尾で床をあちこちたたきまくっている。

「やつらにやられた！　裏切り者、破壊工作者だ！」甲高い裏声で叫んだ。「まったくソト＝タル・ケルはなにを考えたのか、あんな連中に戦士のこぶしをあたえるとは」

くつろいでいたイジャルコルは立ちあがり、

「だれのことだ？」と、訊いた。

「ゴリムふたりにきまっているだろう！　その悪評高い友のムリロン人はエスタルトゥがとっくにきみの艦に追いやったものの、ゴリムたちはまだここをうろついていたのだ。処刑しろ！　やつらには死がふさわしい」

「いったいなにをしたんだ？」

「やつら、形態形成システムを破壊した！」

イジャルコルはここにくる航行中、形態形成フィールドについて聞いたことをぼんやり思いだした。それがソトの精神をかたちづくるのに関係しているとか。だが、どういう意味かはよくわからない。記憶は曖昧だった。数日前には知っていたはずのことも、もう遠い過去に押しやられている。

「そうしたらどうなる？」と、訊いてみた。

「もう二度とソトが登場しなくなる」スロルグが嘆いた。「ソトの精神は形態形成システムでつくられるのだ。それがないと、今後ソトは誕生しない」

イジャルコルは驚愕した。ソトを誕生させるという慣習は、戦争崇拝において、もっとも重要なものとつねに思っていたから。エスタルトゥから特別な力をあたえられるソトは、戦士のなかの戦士。大がかりな戦争を勃発させ、力強き者にかわって多くの銀河を掌握《しょうあく》し、頑固な不服従者たちをひざまずかせる。永遠の戦士たちの上に立つ存在なのだ。

だが同時に、スロルグの言葉に解せない点があることにも気づいた。訊いてみる。

「形態形成システムを修復することはできないのか？」

「システムはもう存在しないのだ！　完全に破壊されてしまった」

「しかし、エスタルトゥ技術のひとつだろう。エスタルトゥに新しいシステムをつくってもらえばいい」

「なにもわかってないくせに、関係ないことに口をはさむんじゃない」スロルグががみがみいう。「エスタルトゥはわれわれの責任を問うだろう。力強き者の贈り物をないがしろにしたのだから、気を悪くされるはず」

それを聞いてイジャルコルは納得した。スロルグにとり、ゴリムふたりが死に値いするほどの罪をおかしたと戦士に思いこませるのは、いともかんたんなことだったのだ。

その後、イジャルコルが搭載艇に向かう途中、いきなりゴリムふたりがあらわれた。

森のなかにかくれていたらしい。数百名の尾っぽ生物が永遠の戦士に別れを告げようと搭載艇をとりかこむなか、ふたりはそれを蹴ちらして駆けよってくる。イジャルコルは驚いて立ちどまった。ゴリムたちはなにかいいたいことがあるようだ。もしかして、スロルグやその同族の怒りから守ってほしいとでも？

「イジャルコル……」あばた顔の男がいいかける。

永遠の戦士はふたりが数歩はなれたところまで近づくのを待ち、判決をくだした。

「きみたちの恥ずべき罪にふさわしい罰はひとつしかない。きみたちをトロヴェヌールのオルフェウス迷宮に追放する。期間は無期限だ。解除されることはない」

そういうと、かれは踵を返し、搭載艇のエアロックに足を踏み入れた。やがて艇はスタートし、母艦《ソムバス》へのコースをとった。

＊

これがソム標準年で十二年半前の出来ごとだった。イジャルコルはダシド室の反撥フィールド・ベッドから起きあがり、プライヴェート領域にもどった。急ぐことはない。スロルグにかなりの衝撃をあたえたから、もう司令室で待ちかまえたりはしていないだろう。

エトゥスタルの尾っぽ生物たちがもう二度とソトを生みだせないとわかったときのこ

とは、なんとなくおぼえている。重要なのは、そこからべつの認識がくっきり浮かびあがってくる点だ。つまり、形態形成システムが修復できないということ。侏儒たちはエスタルトゥ技術を所有してはいるが、なにかが壊れた場合はもとにもどせない。

これこそ、エスタルトゥがもう存在しないというたしかな証拠ではないか。もし存在するなら、かんたんに代用品をつくりだせるはずだから。イジャルコルは不思議に思った。なぜわたしはソム標準年で十二年半ものあいだ、鍵となるこの記憶を、論理的な結論を引きださないまま胸に秘めていられたのだろう。

法典ガスによってもうひとつ、よみがえった記憶がある。十二年半前、尾を持つ侏儒の面々はすでに永遠の戦士としてのイジャルコルに不信感をおぼえ、交代させるつもりだったということ。当時はエスタルトゥの息吹を大量に吸わされたせいで、それに気づかなかった。かれらはそうやって自分をなだめすかしたのだ。あのときエトゥスタルでなにが起こったか……なにが〝起こらなかったか〟というべきかもしれない……自分が知ったまま帰還していたなら、反乱を起こすことは必至だっただろうから。

記憶がもどったいま、かれはかすかな悲しみをおぼえた。永遠の戦士としてのおのれの出番はたしかに終わったのだ。だからといって、本当に舞台からおりていいのか？　もうしばらくとどまり、戦士の立場でもたらした損害をせめていくばくかでも埋め合わせることは許されないだろうか？　コルという昔の名前にもどりたい……できることなら自由になって草の上に寝ころび、詩を書いたり歌をつくったりしてすごしたい。かれが歌をつくったら、ほかのプテルスは驚いて噂するだろう。十二銀河帝国で音楽を解するのはオファラーだけだと思っているから。

長く思いにふけりはしなかった。変えられないことをあれこれ考えてもしかたない。あのあと自分になにが起こったかについては、まだ記憶が鮮明だった。最後にエトゥスタルへ行ったときのことを思いだすのに法典ガスは必要ない。

それは数カ月前。エスタルトゥに召喚されたからではなく、戦士会議の決定によるものだった。直近でエトゥスタルに行ったイジャルコルがふたたびそこを訪れ、エスタルトゥが存在するのかしないのかたしかめてくると決まったのだ。ただ、戦士たちがそう決めただけでは暗黒空間への旅は実現しなかったかもしれない。ところがその会議の場で、はじめて尾っぽ生物たちが表に出てきたのだった。かれらは永遠の戦士が思想や実務の面で不全をきたしていると非難し、これからは自分たちが各戦士に指導役としてつきそい助言すること、疑念が生じた場合は正しい道をしめすことを告げた。

これは前代未聞のなりゆきだった。これまでそうした……進行役と呼ばれる……助言者がついていたのは、ソトだけだったから。ソトはその作戦上、エスタルトゥ帝国から遠い宙域にいることが多いため、エトゥスタルに住む者がモラル面で支えなくてはならないというのが理由だ。永遠の戦士にも進行役を割りあてるというのは、超越知性体の明らかな不信感のあらわれである。だがむろん、エスタルトゥの決定ならばしたがうしかなかった。

それでも、戦士の一名をエトゥスタルに派遣して力強き者が存在する証拠を持ち帰らせるという要求は、なんら変わらなかった。進行役もこれを拒むことはできない。こうして決定がくだり、イジャルコルは指導役のスロルグにつきそわれて、王の門から転送機で直接エトゥスタルに向かったのである。

ちなみに、エスタルトゥの存在を疑う噂は、ゴリムであるネットウォーカーが流したものだった。陰にかくれていたかれらが、いつのまにか前面に出てきて積極的なプロパガンダ・キャンペーンを展開し、不安をあおりはじめている。その目的は、恒久的葛藤の哲学の評判を落とすこと。

こうしたプロパガンダでゴリムがよく使うスローガンのひとつが〝エスタルトゥはもうここにはいない〟というものだった。

イジャルコルは当時、自分が非常に不安定な状態だったことをおぼえている。ふたりのゴリム……ロワ・ダントンとロナルド・テケナーには恩寵をあたえて優遇しなければならない。そこで、次の生命ゲームを運営する栄誉を授けた。そのあとスロルグを押しつけられ、あげくにはつねに自信過剰なペリフォルの宣言を聞かされるはめになる。ムウン銀河の戦士は、大艦隊をひきいて銀河系という名の銀河に向かうのだと告げた。ソト＝ティグ・イアンを助けて戦争崇拝を拡大するため、自分が選ばれたのだといって。そのとき、スロルグがイジャルコルの不安に気づいたのか、意地の悪い口調でこういったもの。

「好きにしろ。ずっと懐疑家でいたいなら、そうすればいい。だが、ひとつおぼえておくんだな。猜疑心は死につながるぞ」

イジャルコルはふと思った。スロルグはおのれの保身についても案じていたのだろう。エトゥスタルには尾っぽ生物が十万名ほどいる。かつては数百万いたはずだが、とぎれることなく変異した結果、独特の種が誕生することになった。永遠の戦士に進行役として割りあてられた十二名は、同族のなかで上位ランクに属するにちがいない。戦士イジャルコルが面子《メンツ》を失って解任されたとなれば、スロルグはどうなる？　ただの名もなき尾っぽ生物にもどるのか、あるいはシオム・ソムのあらたな戦士の指導役に任命されるのか？

エトゥスタルに着くと、スロルグはただちに行動に出た。

「かれらがきみを待っている」そういうと、ある建物にイジャルコルを連れていった。

そこには、地下へつながる一連の反重力シャフトをそなえたホールがひとつあった。

シャフトで下降していくあいだ、前にも同じことがあった気がすると、イジャルコルはぼんやり思ったもの。いま、この現実においてわかった。あれは自分のキャリアのはじまりだったのだ。

「この扉から入れ」スロルグは大きな金属扉をさしめした。「なかは暗いが、気にするな。きみはなにも見なくていい。重要なのは見られることだから」

イジャルコルはなかに入った。まばゆい光の円錐がかれをつつみ、闇のなかから声が呼びかけてきた。

「そこでとまれ、イジャルコル！」

かれはしたがった。法典ガスが充満しているので、そうするほかない。とはいえ、今回は前のように確固たる自信は湧いてこなかったが。

「戦士会議の決定により、代理人評議会は永遠の戦士イジャルコルがエトゥスタルを訪れることを承認した」暗闇の声が告げる。「イジャルコルに〝エスタルトゥはまだ存在するのか？〟という問いの答えを持ち帰らせるものとする。代理人評議会の決議はいかに？　永遠の戦士は答えを知るべきか？」

「エスタルトゥの名において、知るべきだ」第二の声が聞こえた。

「答えの内容は？」

「エスタルトゥの名において、答えは以下のとおり。エスタルトゥはもうここにはいない！」

その声は雷鳴のごとく闇を突きぬけた。だが、イジャルコルは驚かなかった。自分がもうとっくに超越知性体の存在など信じていなかったことを、たちまち悟ったから。

照明がともる。室内には前と同じように、赤いローブ姿の侏儒が数千名いた。祖先のシャーロルクにくらべたら、ゆうにてのひらひとつぶんは小柄な者たちだ。今回は喝采はない。そのかわりに、姿を見せない者の声が高みから響いてきた。

「証拠を持って帰るがいい、イジャルコル。ただ、なにかが〝ないこと〟を証明するのが論理的に困難だというのは承知しているはず。そこでいうが、代理人たちでさえエスタルトゥの姿を拝んだことはないのだ。力強き者はプテルス種族を召喚したが、エトゥスタルに最初のシングヴァが到着したさい、超越知性体はすでにそこを去っていた。かわりに見つかったのは、ある音声記録だ。それを聞いて、ほかの戦士にも伝えよ。エトゥスタルにきて、エスタルトゥが話した一言一句を聞くようにと。それが、エスタルトゥがもうここにいないという証拠になるだろう」

すこし間があいて、こんどはちがう声が聞こえてきた。力強くはっきりした声だが、どこか無感情な感じがする。女のものか男のものかもわからない。声はプテルス語で語りはじめた。四万ソム標準年前にプテルス種族が使っていた言語である。

「エスタルトゥからムウン銀河のプテルスに挨拶を。おまえたちは選ばれた種族であり、わが継承者。だが、おまえたちがこの言葉を聞くころには、わたしはもうわが帝国の中枢と決めたエトゥスタルにはいないだろう。わたしは遠くからの呼び声にしたがう。いつ帰れるのかも、本当に帰れるのかどうかもわからない。わたしのような存在にも、超えられない限界があるのだ……」

イジャルコルは一時間ずっと力強き者の声に耳をかたむけ、深い無力感に沈んだまま、スロルグとともにソムに帰還した。やがて、災《わざわ》いはとめようもなく進んでいくことになる。

# 5

惑星ストロビラについて知るべき内容はゾンデがもたらした。唯一の陸地であるちいさな大陸は熱帯の木々におおわれているが、文明の兆しはほとんど見られない。なによりも、そこには工場施設がなかった。聞き逃すことのできない低周波の電磁性散乱インパルスは技術文明の所在をしめすものだが、ほとんどが大洋からくる。ストロビラの高度文明は海の下に存在するのだ。

これを知ってイジャルコルは驚いた。それまでずっとストロビラは荒涼惑星だと思っていたから。宇宙遊民のなかで主役を張っているエフィトラ人の出自がわかった気がする。かれらはこの惑星の原住種族で、巨大凪ゾーンの時代にじゃまされることなく独自の進化を遂げ、宇宙航行技術を発展させた。宇宙遊民のほうは前々からクルサアファルに避難所を探しており、その計画にエフィトラ人が登場したさい、自動的に主導権をわたすことになった。

永遠の戦士の艦隊は水惑星を包囲した。高度二千キロメートルから一万キロメートルまでの軌道に八千隻が展開している。いまのところ宇宙遊民の反応はなく、ストロビラの大洋から押しよせてくる何千もの電磁性エコーを解明する作業がのろのろと進んでいた。ただ、このやり方で敵の戦略がわかるとはイジャルコルも思っていない。重大な内容の通信はフィールド誘導体を素通りし、散乱インパルスをのこさないから。

宇宙遊民たちがストロビラへの避難に使った宇宙船の所在は、あれこれ頭を悩ますまでもなかった。水面下のどこかに格納庫があるにちがいない。海底には数百の都市が存在すると思われる。

そのひとつにムリロン人がいるはず。イジャルコルの目標はそこだけだ。ほかのことはすべてどうでもいい。必要な準備はすませた。護衛部隊の七千九百隻にいる数百万名の隊員が待機して、戦士が命令をくだせば突入することになっている。

イジャルコルは司令室にいて、みずから指揮をとった。これまでのようにエルファード人の戦闘指揮官にまかせることはしない。数千の戦いで積みあげてきた経験を生かして戦略を練った。司令室ホールには数分前からスロルグがそっと入ってきていたが、いまのところおとなしい。イジャルコルの脅しがまだ効いているようだ。

「こちら永遠の戦士」と、かれは通信機に向かっていった。「惑星ストロビラへの侵入を開始する。敵部隊は海底にいるはず。探知し、無力化せよ。侵入の目的は敵の海中都市を掌握すること。護衛部隊はとりきめどおりに動け。十万名ごとに前線をつくって進軍するのだ。第一前線はただちにスタートせよ」

数隻の護衛艦のハチの巣状艦尾から、ちいさな乗り物の大群が飛びだした。長さ八メートル、さしわたし三メートルの単座機だ。いずれも完全自動の戦闘仕様になっており、護衛隊員の思考命令に反応する。十万の単座機がストロビラ表面に銀色の雨のごとく降りそそいだ。そのロボット駆動システムはイジャルコルが特定した目標に向かうようプログラミングされている。護衛艦の艦尾から射出されて数分後には、惑星の広大な大洋に着水し、海中へともぐっていった。

そこではじめてスロルグが言葉を発した。

「戦闘指揮についてはは文句のつけようがない。その点では永遠の戦士にふさわしいといえる」おちついた口調だが、そこには苦々しさもまじっている。「ただ難点は、戦いのやり方を誤ったことだ。それで自身に死刑宣告を出してしまったな」

イジャルコルはなんのコメントもしなかった。

＊

最初の経過報告が入ってきた。こちらに不利な内容だ。ストロビラ海底に向かう護衛部隊にはマイクロゾンデの群れが同行している。これまでに二百万機の単座機がスタートし、いまは二十一番めの前線が向かっていた。

これまで、めざす相手を戦いの場に引きずりだせていない。敵は例外なくエフィトラ人の部隊だった。ゲリラ戦法を駆使し、かくれ場からいきなりあらわれては、侵入部隊に手ひどい損害をもたらして電光石火のごとくもどることをくりかえしている。敵が投入してきた武器に、護衛部隊は太刀打《たちう》ちできない。それを使うと水中を音速で疾駆する圧力波が生じ、小型機を押しつぶすのだ。このあいだにゾンデもいくつか敵の攻撃の犠牲になる。それが最後に送ってきた計測結果によると、圧力波の最高点では一万気圧を超えていたことがわかった。

単座機はフィールド・バリアを張っているので、エネルギー性の作用ならなんなく吸収できる。熱ビームや分子破壊銃の高周波転換フィールドにもほとんど影響を受けない。だが、圧力というのは力学的な性質を持つ。これに対しては、フィールド・バリア・プロジェクターの設計者もなんら対策していなかったのである。

すでに二十万の単座機が脱落していた。その乗員がどうなったかはわからない。

「敗《やぶ》れてしまうかもしれんぞ……なによりきみの命がかかっている戦いに」スロルグが警告する。「なんとも思わないのか？」

イジャルコルは軽蔑したように舌打ちし、

「すでに死刑宣告された身だ。なにをいまさら思うことがある？」そう応じると、尾っぽ生物にはかまわず次の命令を告げた。「搭載艇を一機、用意しろ。乗員は不要。わたしひとりで乗る」

「命令を受領しました」艦載コンピュータが応答する。「搭載艇8がスタート準備完了しています。乗員は宿舎に待機させます」

「なにをする気だ？」スロルグが甲高い声をあげた。

永遠の戦士はシートから立ちあがり、

「きみに説明する義務はない」と、威厳をこめて答え、出口に向かう。

着用しているのは、太いベルトがついた黒と銀のコンビネーションだけだ。幻影の甲冑を身につけることは一秒たりとも頭に浮かばなかった。

＊

ペリー・ローダンは魅せられたように、目の前のヴィデオ・スクリーンでくりひろげられる出来ごとを追っていた。護衛部隊の単座機が銀色のクリスタルのごとく画面をかすめ、海中へともぐっていく。イジャルコルの艦隊は相いかわらず大規模だ。防衛側が罠におとしいれた部隊は数千隻にのぼる。エフィトラ人の戦い手はほぼ例外なくニューラだった。エフィトラ人のメタモルフォーゼの第二段階にあたる両生類生物で、非常に攻撃的な性質を持つ。永遠の戦士の部隊と戦う抵抗勢力をヴェト・レブリアンが組織すると聞いて、志願してきたのだ。ムリロン人はとても断れなかった。

おまけにニューラは個人主義者である。敵をたたきのめすことだけが生きがいの、数百万からなる無鉄砲な集団に必要な秩序をもたらすのは、なかなか困難な作業だった。みじかいがきびしい訓練がおこなわれた。

ぜんぶで三千台の〝重力パルサー〟を提供したのはネットウォーカーだ。イジャルコルがどのように宇宙遊民に立ち向かうのか、まだまったくわかってなかったときに運びこまれた。すべて、ヴェト・レブリアンの楽観主義によって計画されたこと。レブリアンは最初から、戦いの舞台もやり方も自分自身で決めると主張していた。その考えは最後までまちがっていなかった。成果が出たことで、これまでムリロン人を軽率だとか無責任だとか非難していた者たちも異論を唱えなくなるだろう。

重力パルサーはもともと武器として構想されたものではない。水ばかりの場所で地面に似た環境をつくるために開発された装置である。強力な重力インパルスを瞬間的に生じさせることで周囲の液体の圧力を急上昇させるのだが、その重力パルスが減衰するさい、衝撃波に似た現象が起こるのだ。衝撃波のピーク時の最大圧力は重力パルスの強度によって決まり、その強度は調節可能である。ネットウォーカーが海底基地を建造するさいに好んで使う基盤づくりの道具だが、武器に転用するのはかんたんだった。重力パルサーの利点は、もっとも単純なかたちのエネルギー……すなわち力学エネルギーが発生すること。

独自の駆動装置をそなえた、遠隔操作可能な重力パルサー三千台が投入された。ニューラの進軍は基本的に陽動作戦だ。その目的は、敵の注意を引きつけて、ある決まったコースに誘導すること。これが狙いどおりにいき、重力パルサーを作動したおかげで、護衛部隊の単座機を数百万も破壊できたのである。

乗り物が圧力で押しつぶされても、その乗員は機の残骸から押しだされるから、かならず死ぬわけではない。護衛隊員たちの宇宙服は深海の環境でも耐えられるようになっている。武器を奪われ、まったく未知の環境にほうりだされたなら、可及的すみやかに水面をめざすだろう。そうやって出てきたところを収容できるだろうと期待されていた。いくら戦争崇拝の高等学校で学んできた護衛隊員といえども、武器もなく海のなかで暗闇と異生物を相手に戦うのは、できれば避けたいのではないか。

このあいだに三十万の単座機が破壊された。それでも、次々に小型機がストロビラの大洋をめざしてくる。戦士の艦隊はあとからあとから前線を吐きだしていた。各前線を構成するのは十万機。水惑星の勇敢な防衛者たちがやられてしまうのも時間の問題だ。敵の数があまりに多すぎる。重力パルサー三千台だけではおのずと限界があった。

ペリー・ローダンは立ちあがり、ヴェト・レブリアンがいる司令コンソールに向かった。ネットウォーカーたちは基地の技術機器類のあつかいをムリロン人にまかせている。レブリアンはここから戦いの指揮をとり、これまでは練達の司令官のごとくとりくんでいた。

ローダンはムリロン人の肩に手を置き、いった。

「そろそろべつの戦法をとったほうがいい、友よ」

レブリアンが振り向いた。グリーンの目が光り、黒い斑点が皺の多い顔で奔放な動きを見せている。

「予想どおりだ、テラナー！」と、興奮をかくさない。「ついさっき、大きめの一飛行物体が海にもぐった。《ソムバス》の搭載艇だ！　戦士みずからやってきたということ」

そういって、明るいリフレックスがうつしだされたスクリーンを指さす。

「いまこそ、かれに正しい道をしめしてやらなければ」

＊

近くで戦闘のようすを確認したイジャルコルは、自軍には不利な戦いだと悟った。敵は起伏だらけの海底の地形をフル活用している。電磁エコーがあれば海中都市の場所は正確にわかるというのに、これまで護衛部隊はひとつたりとも発見できていなかった。エフィトラ人はじつに抜け目ない。惑星ソムから六十四光年という距離にいる自分たちを、永遠の戦士がいつまでも好きにさせておくはずはないと計算していたのだろう。ストロビラの海底には高さ六千メートル級の山々がそびえている。そのあいだに存在する峡谷や亀裂をエフィトラ人はかくれ場にし、護衛部隊を待ちかまえていたのだ。ドーム状の都市は深くえぐれた谷底に建設されている。そこに近づこうとする者はみな、殺人的圧力波に押しつぶされるのである。

数の上では護衛部隊がしだいに相手を上まわってくるとしても、意味はない。エフィトラ人はこちらの動きをなんなく読んでいる。自分たちに害のないところでは単座機のじゃまをしない。そうすることで、都市防衛に専念しているのだ。都市を掌握できなければ、こちらの勝利は手に入らない。護衛部隊の前線が次から次へとあちこちのドーム都市に襲いかかってエフィトラ人の秘密兵器を粉々にするというイメージは、よほどの想像力がなければ描けなくなった。

「こちら永遠の戦士」と、イジャルコルは搭載艇のちいさな操縦室から通信で呼びかけた。「宇宙遊民との戦いだが、現在の戦況では勝利が見こめない。したがって、次のとおり命じる。護衛隊員のうち、まだ動ける機に乗っている者はただちに母艦へもどれ。その条件下にない場合、ほかの者が全力で救出にあたること」

搭乗機を圧力波で破壊された護衛隊員も大半が生きのびているはずだと、イジャルコルは確信していた。すでに数十万名は大洋の海面まであがってきている。生命維持システムが防護するのはあらゆる自然危機だけだが、これまでのところ、エフィトラ人が水中から護衛隊員を追ってくる気配はない。それを知ってイジャルコルは心から安堵する。いままでなら、護衛隊員は戦って死ぬためにいるのだと確信していた。一度の戦闘で何名の命が失われたかなど、ほんのわずか考えることすらなかった。

状況は変わった。永遠の戦士としての役を演じ終えたいま、イジャルコルに他者の生死を決める権利はない。かれはエフィトラ人の行動を観察してみた。敵機を破壊したのち、その乗員を秘密兵器で追跡することはかんたんだったはずだ。砲撃すれば数百名の護衛隊員を殺せただろう。イジャルコル自身、かつてはそういう戦い方をしていた。法典によれば、殺せる敵を生かしておくのはおろかなことだから。

この瞬間、法典の教えは無意味な殺戮だとそれまで以上に認識した。エフィトラ人は無防備な敵を追いつめなかったにもかかわらず、勝利を目前にしている。たしかに永遠の戦士たちのあいだでも、無力な相手には温情をしめすのが名誉の戒律ではないかという意見はある。しかし、実際そうはいかない。敵を徹底的に殲滅しない者は勝利をあきらめているといわれるからだ。名誉は勝利にのみある。

こうした意見はエフィトラ人にはなじみがないはず。それでもかれらは勝利したのだ。イジャルコルは感謝の念につつまれた。

のこる問題はヴェト・レブリアンを探しだすこと。やるべきはひとつ、ムリロン人に罰をあたえるのだ……恥ずべき敗北を味わったばかりの自分を侮辱したことに対して。

レブリアンと決闘し、相手を殺して自分も死のう。それでわたしの生涯は終わる。戦士にふさわしい幕引きだ。のちの世代に語り継がれるだろう……永遠の戦士イジャルコルは法典に忠実ではなかったが、それでもかれなりの名誉をまっとうしたと。

だが、ムリロン人はどこにいる？　この搭載艇は基本的に護衛隊員の単座機よりは強力なフィールド・バリアを展開しているとはいえ、エフィトラ人の秘密兵器に耐えうるかどうかわからない。運を天にまかせて海面下の一都市に接近するか。搭載艇の技術機器にたよれば、ぶじに目標にたどりつけるだろうか？

イジャルコルは電磁送信機を作動させた。この高性能装置は、水中に満ちている騒音をなんなく圧倒する。これまでの計測結果から、エフィトラ人が音声通信にいつも使う周波はわかっていた。その周波を選択して呼びかけた。

「こちらイジャルコル。デソトという笑止千万の称号を名乗るムリロン人に決闘を申しこむためにやってきた。居場所を教えよ」

長く待つ必要はなかった。受信機が反応し、応答が聞こえてくる。ヴェト・レブリアンの声だとすぐにわかった。

「待っていたぞ、戦士。きみに自由通行権をあたえるよう、ストロビラの防衛軍に指示した。ビーコンを送る。そのシグナルにしたがえばわたしの居場所に着く」

数秒後にとどいたビーコンは、強力で誤解の余地もない。イジャルコルはそれをオートパイロットに入力し、シグナルにしたがった。

＊

古いゴリム基地をとりまく海底のちいさな場所に、投光照明のぎらつく光があふれた。戦士の搭載艇が上の暗闇からおりてきて、着地する。数千年来、海の生き物以外に訪れる者のなかった海底の泥や砂が舞いあがった。泥の雲は海流に乗ってしだいに晴れていく。基地から一本のエネルギー・トンネルがのびてきて、搭載艇のエアロックに接触した。呼吸可能な空気と通常気圧がトンネル内に満たされる。

このあいだに、大洋のほかの場所で動きがあった。護衛隊員たちが戦士の命令にしたがったのだ。数十万の単座機が水面へと上昇したのち、海をはなれて空に向かった。探知によれば、母艦にもどったのだとわかる。それを受けてヴェト・レブリアンのほうもニューラの一団に停戦の指示を出した。戦いは終わったということ。永遠の戦士の部隊は、決定打でないにせよ、手痛い敗北をこうむった。

搭載艇の重厚なエアロック・ハッチが開き、イジャルコルが見えた。太いベルトがついた黒と銀のコンビネーション姿という簡素ないでたちだ。基地の大型ラウンジに集《つど》った面々は息をのんだ。イジャルコルはいつもの派手な格好で登場するものと、だれもが信じていたから。この姿は、それまでヴェト・レブリアンが口にしてきたどんな言葉よりも明確に、戦士の意識内で思想の変化が起こったことを物語っていた。

基地側のエアロックはラウンジに隣接している。いずれの側のハッチも開いたままだ。いま、ラウンジにはムリロン人のほか、ペリー・ローダンとアトランだけがいた。これから起ころうとする出来ごとに、大勢の見物人はそぐわない。永遠の戦士がエアロックを通ってくるあいだ、まだ沈黙がつづいていた。戦士は内側ハッチの近くで立ちどまる。基地側の三名にくらべると華奢《きやしゃ》な印象だ。身長はプテルス種族の平均で、百六十センチそこそこ。しかしその目に宿る光は、かれがなんら劣等感をおぼえていないことを伝えてきた。骨張った顔には決意が見てとれ、周囲を見わたす態度は確固たる自信に満ちている。ローダンは認めた……この相手は自分にひけをとらない、と。

「この手の建物は見たことがある」イジャルコルはソタルク語でいった。「ゴリム基地だな。きみたちは全員ネットウォーカーか？」

「それは銀髪の男とわたしだけだ」ローダンが答える。「ムリロン人は単独行動している」

「わたしはかれと戦うためにきた」と、永遠の戦士。

ヴェト・レブリアンが手をあげて、

「おそらく戦うことになるだろう。だが、いますぐではない」

「決闘の申しこみを断るつもりか？」イジャルコルが訊く。「自身に臆病者の烙印を押すのか？」

「そうではない」ムリロン人は淡々と応じた。「決闘は受けて立つ。ただ、いますぐ戦うのではないといっただけだ。また、自身に臆病者の烙印を押すつもりもない。名誉法典とやらに縛られていないからな。わたしは自由で独立した存在だ。いつ戦うかは自分で決める。だれもわたしに戦いを強いることはできない」

イジャルコルは考えこむような目つきをした。

「わたしがここにきたのは、この戦いは自分の負けだと、宇宙遊民の戦闘指揮官であるきみに伝えるため」と、永遠の戦士。「ただし、ちがう手段をとることもできた。わかっているだろう。この惑星を、そこらにうごめく住民もろとも粉砕して……」

「そんなことできるものか！」

ペリー・ローダンだ。その声はいつになく鋭い。戦士は驚いたように顔をあげた。

「こちらはあらかじめ準備していたのだ」ローダンが説明する。「《ソムバス》が敵対的行動に出たら、ただちにネットウォーカーの宇宙船四十隻が応戦することになっていた。きみがゴリムと呼ぶ者たちの技術がいかなるものか知っているはず。エフィトラ星系で粉砕されるのは、きみの旗艦にほかならなかった」

「やってみればいい」イジャルコルはいきりたった。

「なんのために？」と、ローダン。「聞いてもらいたい。きみを理性ある者と見こんで話をさせてくれ」

戦士はびくりとした。なにかいいかえしたかったが、ゴリムの言葉にはヒュプノに似た力があり、口をつぐんで耳をかたむけるしかない。ローダンはつづけた。

「わたしはきみを度しがたい怪物だと考えていた。終わりなき戦いを強いる野蛮な教義の先頭に立つ者だと。だが、ここにいる友のおかげで」と、ヴェト・レブリアンの肩に手を置き、「おのれの誤りを悟ったのだ。きみが考え方を変えたといわれてね。きみはいま、名前だけの永遠の戦士だ。戦士法典の欺瞞《ぎまん》も、恒久的葛藤の哲学が邪教であることも見ぬいている。

きみは非常に高齢だ。五万年も生きていれば……そちらの暦法では四万年だが……だれしも分別を身につけるもの。戦争崇拝の誤りを認めたいまこそ、その分別が真価を発揮する時だ。分別の見せどころは《ソムバス》がネットウォーカーの宇宙船四十隻に対抗できるかどうかためすことではない。それは終わりを意味する！　そうではなく、恒久的葛藤の哲学が十二銀河帝国にもたらした損害を埋め合わせることに貢献するのが道理だろう」

イジャルコルは抗弁したかった。この傲慢な異人をあざけってやりたい。しかし、ゴリムの言葉はかれ自身この数週間ずっと考えてきたことばかりだったため、反論したくてもできなかった。あざけりの文句を発したところで、悪あがきに聞こえるだけだ。だから、こう訊いた。

「きみは何者だ、ゴリムよ？　どこからきた？」

「わたしはペリー・ローダン。テラという惑星からきた」

「ロワ・ダントンやロナルド・テケナーと同じか？」

「まさしく」

しばらく沈黙がおりる。やがてヴェト・レブリアンが口を開いた。

「われわれにはやるべきことがあるのだ、イジャルコル。この宙域はいま、目ざめつつある。永遠の戦士の時代は終わった。進行役が権力の座についたものの、その状況は長くはつづくまい。あらたな道を模索している星間種族は数万におよぶ。かつてこの力の集合体を統治していた超越知性体はどこへ行ってしまったのか？

この時代に必要なのは戦いでなく、宥和《ゆうわ》の理念だ。イジャルコル、宥和政策にとりくもうとする者たちにとって、きみの知識と経験と智恵ははかりしれない価値を持つ。われわれの仲間になってくれるなら歓迎するぞ。やるべきことがすべて終わり、それでもまだきみにその気があるなら……そのときこそ、わたしはきみと戦おう」

イジャルコルは遠くを見つめた。基地の壁や数千メートルの海を通して、かれの目ははるか宇宙に向けられていた。だれもなにもいわない。戦士が思索にふけるこの瞬間をよけいな言葉でじゃまする者はいなかった。

ついに、永遠の戦士が声を発した。

「たとえあらたな仕事に着手する気になったとしても、まずはいままでの仕事をかたづけなくてはならない。きみたちの言葉はよく考えてみたい……ムリロン人にテラナー。だが、いまはまだわたしは永遠の戦士で、シオム・ソムの支配者だ。それを忘れるな！」そういうと、ヴェト・レブリアンのほうを向き、「さしあたり、戦闘指揮官として敵方のきみに対し、こちらの負けを認める。あとのことはおのずと決するだろう」

戦士は踵を返し、開いたエアロックを抜けて立ち去った。

＊

「全面的降伏だな」

スロルグは冷たくいいはなった。三角形の眼窩の奥にある目はどんよりしている。まるで、ひと晩じゅう飲み明かしたかのようだ。

玉座に似たシートにゆったりとすわるイジャルコルは、

「そういいたいなら、いえ」と、応じた。「無意味な戦争を終結させただけだ。通常なら……これまでそれを〝通常〟だと思っていたわけだが……四十万名もの護衛隊員が戦死していたはず。わたしはその全員を救った」

「戦闘での人的損失を数えるのは戦士にふさわしい態度じゃないぞ」

「なら、もうわたしは戦士ではない」

スロルグは立ちあがった。口調がきつくなる。

「きみはとっくに戦士としては用ずみだ。すでにシングヴァがかわりを探している」

「うまくいけばいいがね」イジャルコルは皮肉めかしていいかえした。「永遠の戦士になりたいというおろか者は、そうかんたんに見つからないはず。図星だろう?」

「冒瀆だ!」侏儒が金切り声を出す。

「それはもちろん、エスタルトゥの精神に対して……力強き者の叡智に対してということだな。その叡智をきみたちは曲解して誤った教義をつくりだし、何万年ものあいだ、十二銀河帝国に不幸と苦悩をもたらしてきたわけだ」

スロルグの顔が怒りにゆがんだ。四肢やむきだしの長い尾をぶるぶる震わせ、「これほど戦士の体面を傷つけた者は見たことがない!」と、叫ぶ。「くずめ! この世から消えてくれたらせいせいするだろうよ」

「いや、それにはまだ早い。健康な成人プテルスの平均余命はかなり長いからな。最後にエトゥスタルを訪れたさいにきみたちが細胞シャワーを浴びせなかったからといって、すぐにわたしがこの世を去ることはなさそうだ」

スロルグは喉が詰まったような音を出した。信じられないといいたげに、

「知っていたのか?」

「ほかにも多くを知っている」イジャルコルの答えだ。「進行役がエスタルトゥの息吹と喧伝《けんでん》している法典ガスが、最近はわが意識に不思議な作用をもたらすようになったのでね。なくしていた記憶がもどってきたのだ。すべてを思いだしたよ……きみの祖先シャーロルクとの出会いからはじまるすべてを」

スロルグは壁をよじのぼりたいと思うほどの憤怒に駆られたが、イジャルコルの言葉で精神のバランスを失ってしまい、手をうまく吸盤状にすることができない。つるつるの金属壁に沿って数メートル進んだだけで、床に落ちた。

「つまり、もう自分は長くないと知っていたんだな。永遠の戦士としての役割は終わったと」侏儒はいくらかおちつきをとりもどすと、がみがみいった。

「ひとつはそのとおりだ」と、戦士。「だがもうひとつは、きみがまちがっている」

司令室ホールの中央に大型ヴィデオ・スクリーンが出現。宇宙船八千隻の探知映像がうつしだされた。艦隊は中庸の速度で、超高周波エネルギーからなるフィールド・ラインへの潜入ポイントをめざしている。退却するところだ。宇宙遊民の懲罰を目的とした遠征は失敗に終わったということ。

スロルグはわめき声をあげ、エルファード人の艦船長に指示して惑星ストロビラを殲滅させようとした。だが、エルファード人たちは侏儒の悲鳴に耳を貸さなかった。かれら自身、不名誉なかたちで遠征を終わらせることになるとわかっているのだが、永遠の戦士の命令にはしたがうしかない。

イジャルコルはゴリム二名とムリロン人のことを考えた。かれらの言葉が頭のなかに響いている。理性的な話しぶりだった。かれらとなら満足のいく共同作業ができるかもしれない。かれらのかかげる目標は崇高なものだし、自分の目標と重なるところもある。シオム星系でのあれこれがすべてかたづいたら連絡をとってみよう。

「わたしはまだ永遠の戦士だ。代理人評議会から召喚されるまでは」と、スロルグにいった。「きみの意見は数千名いる代理人のひとつの声にすぎない。わたしの解任動議を出すことはできるが、どう判断されるかは評議会しだいだ」

「評議会はわたしの意見どおりに結論を出すさ！」

「そうか。では、わたしはもう永遠の戦士ではないわけだな。ならば勇退しよう。あとは、一種独特な恩寵に恵まれた強きシングヴァたちが、より力強き者の前に屈服するのをしずかに見守るだけだ」

「そんなことには絶対にならない！」侏儒が金切り声をあげる。

「いや、なるとも」イジャルコルは冷静に応じた。「理由はすでに述べた。きみたち尾っぽ生物はエスタルトゥの技術遺産を引き継いだだけで、その機能を習得する努力を怠った。見てみろ、形態形成システムだって修復できないではないか。ネットウォーカーはきみたちの玩具である技術をひとつずつ破壊していくだろう。きみたちは代替品をつくることもできない。エスタルトゥ技術を掌握しているのでなく、たんに使い方を知っているだけだから。おもちゃを次々に奪われ、最後はなにもなくなり、おのれのおろかさの犠牲となってみじめに立ちつくすのだ」

スロルグはふうっと息を吐くような音を発した。憤慨しているようにも聞こえるが、断固とした力はない。

「きっとそうなる」イジャルコルは思案げにいい、宇宙船の軍団が次々にスクリーンから消えていくのを見守った。「すべてを見とどけるまで、わたしは生きつづけよう」

# カゲロウの夢

アルント・エルマー

## 登場人物

エルンスト・エラート……………………パラポーラー
テスタレ……………………………………カピン
ナラダ………………………………………ナック。カゲロウ・ブイ〝エン
　　　　　　　　　　　　　　　　　　　テール九〞担当
ドバリル……………………………………同。惑星トライフォンのテレポ
　　　　　　　　　　　　　　　　　　　ート・ステーション担当
ドロール……………………………………エルファード人
ルト＝タ＝ヴェル…………………………トライフェル。カゲロウ監視者
ポル＝サ＝フォル…………………………同。カゲロウ整備員

# 1

人間でもほかの生物でもいい、顔見知りのだれかに会いたい。その思いが心の底から湧きあがるのを、かれは否定できなかった。ひとりきりで無限の時空を行き来するのはもういい。それに、この長い時の流れが、いつもとちがう大きな自己満足をあたえてくれたから。

かれはつねならぬ経緯で、あてもなく星々のあいだを旅するさすらい人となった。長い時間、無窮《むきゅう》の世界に目いっぱい酔ってきた。合成のからだから解放され、いつまでもどこまでも自由に動くことができた……おのれの驚くべき能力を最初に知ったときと同じように。

かれの名はエルンスト・エラート。パラポーラーで、かつてはテレテンポラリアーと呼ばれていた。かれの古い肉体は墓所に保管されていたが、ある日ふたたびそのなかに宿ろうとしたとき、崩壊した。その後、ヴィールス・インペリウムからヴィールス体とヴィールス船《渡り鳥》をあたえられ、遠い冒険の旅に出たのだった。やがてヴィールス体は失ったものの、それで困ることはまったくなかった。

エラートは無限なる時空への憧れにとらわれ、その思いに進んで身をまかせることにした。昔のようにどこまでもさすらっていこう。その時点で宿っていたからだはどうでもよくなり、はてしない銀河は意味を失った。大宇宙を力の集合体によって区切ることも、だれかの許可が必要だろうかと気をもむこともない。

「協力してくれるか？」というのが、そのころエラートがいちばんよく口にした質問だ。だれかに用心深くセンサーをくりだしたのち、メンタル・コンタクトが成立したと確信できたら、そうたずねていた。そして次に「きみはだれ？」と、訊く。ほかの質問はケースバイケースなので、いまはおぼえていない。

しかし、いつのころからか心境に変化が生じた。最初はただ、よりどころがないように感じ、自分の助言や決断がいつもうまくいかずミスをしていることに気づいただけだった。やがてその思いが熱い波のごとく押しよせ、すべてを埋めつくした。そこから逃れようとかれはもがき、はるか遠い銀河群のあいだに逃げこんで、いったいなにが起こったのかと自問した。

そして、認識した。過去にもいつも同じように認識したことを。

ホームシックである。あらたな任務に邁進《まいしん》することで忘れようとしたが、できなかったのだ。これにはただ屈するしかない。あらがいがたい力が、かれを故郷の方向へと引っ張っていった。テラへ向かうつもりはなかったが、せめて人類と出会える宙域をめざそうと思った。

エラートは奮闘しはじめた。空間を移動する能力はこれまでになくあるのに、目標への道を見つけるのも、そこへ行くためのシュプールを探すのも、名状しがたい困難をともなった。時間感覚を失っているため、自分が何週間あるいは何年、探しつづけることになるのかもわからない。ただ、いつかは見つかると期待するしかなかった。その期待が壁のように積み重なり、いつか突然に崩れ落ちてしまうのではないかと思われたが。

それでも、いずれ目的を達成してポジティヴな結果が得られるよう願いつづけた。

そんなある日、十二銀河からなる宙域を発見。

おとめ座銀河団だ！　この揺らめくネットは見おぼえがある。かれは精神存在となって虚無にかこまれていた。肉体がある状態で通常空間にいたなら、揺らめくネットのラインを認識することはできなかっただろう。だが、精神そのものであるかれはそれをとらえ、心に刻みこんだ。目の前にあるものがなんなのか、即座にわかったから。

いま〝見ている〟のは、プシオン・ネットのグリーンのルートだ。

エラートはなにかにとりつかれたように、ネットに突進していった。前に《渡り鳥》

に乗ってエデンⅡへ向かったときも、こうして移動したことを思いだす。かれは意志の力で相対的速度を落とし、誘いかけるようにきらめく最初のルートにしがみつくと、プシオン・ネットに入りこんだ。そして、ずっとあきらめていた思いに心ゆくまで浸った。〈帰ってきたぞ！〉と、思考する。テレパシー能力を持つ者が近くにいて、コンタクトできる可能性はわずかだとわかっていたが。

それでもファースト・コンタクトではない。わりと最近、グッキーと精神コンタクトをとったから。ヴィールス体を捨てたことと、いまは友たちからはなれた遠い時空にいることを、メッセージで伝えたのだ。

なじみのあるインパルスをとらえられないかと待ちかまえつつ、エラートはプシオン・ラインに沿って進んだ。いくつか分岐点を通過する。

そのとき、はっとした。

なにかに引きもどされるような、不可視の壁にぶつかったような感覚があったのだ。

コンタクトである。

既知の思考、あるいは、そんな思考の持ち主がいることを思わせる吐息のようなものを感じる。

〈グッキーか！〉と、精神で叫んだ。〈グッキー！　わたしだ、もどってきたぞ。わかるか？〉

返事はない。自分の存在に相手がまだ気づいていないらしい。

かれは精神集中し、さらに進んでいった。またもや思考インパルスを受信する。正体は不明ながら、なじみのあるものだ。すぐ近くにいるように感じられるのに、それでも遠い。

〈こちらエラート！〉思考を最大限に集中させる。いまや、自分がどこにいるのかわかった。プシオン性の〝足跡〟がどの方向に向かっているかはっきりしたから。いまいる宙域は、たがいに重なって溶け合っているような二重銀河の一部だ。

かれは目的地を決めた。二銀河の重層ゾーン近くに行って、そこを見てまわろう。そのとおり実行すると、ちょうどいい場所でプシオン・ネットをはなれる機会を待った。

〈わたしは〝成就の地〟と呼ばれる場所に行ってきた。じきにそこへもどる。そうしたら、またかつてのエルンスト・エラートになれるんだ！〉

そのとき、なにかが近くでちらちらしているのがわかった。ちらつきはプシオン・ネットからくる。エラートは驚愕した。純粋精神にとって、プシオン現象のさまざまな表現形態が危険を意味することは知っている。それが精神そのものの崩壊につながる場合もあるのだ。

ちらつく場所を避けようとしたが、不運にもそのフィールド・ラインはかなり長いもので、分岐も退避場所もなかった。こうなったらプシオン・ネットから脱出しよう。エラートはそう考え、持てるプシオン・エネルギーを全力投入した。

だが、うまくいかない。つまり、このちらつきは危険なものだということ。理由は不明ながら、悪質な偽《にせ》のプシオン情報量子……〟偽プシク〟がフィールド・ラインの一本に集まり、塊りとなっているのだ。

それが襲いかかってくる。どうにかして逃げようと考える前にエラートは麻痺させられ、偽プシクの塊りに捕まって手ひどい攻撃を受けた。

まるで、真っ赤に焼けた釘を刺しこまれたような感覚だ。精神存在であるにもかかわらず、エラートは苦痛をおぼえた。たちまち恐ろしい拷問室に連れこまれる。最初の一撃で精神崩壊の危機にさらされるだろう。

思考が錯綜し、ぼやけてくる。目の前に幻覚が見えた。自分がつくりだしたのだろうが、外部の力によるものかもしれない。その近くで、細いエネルギーの糸が物質化した。糸が編まれて亡霊のような姿になり、エラートの精神をむしばんで崩壊させようとする。

エラートは〟成就の地〟に思いを馳せ、自分を待ち受ける運命を考えた。いまや願望も目標もすべて、仮借なき最期にさらされている。

偽プシクはかれを吸収して解体し、その精神をわがものにしようとしていた。サイケデリックな夢の中身にしようというのだ。

エラートは最後の力を振り絞り、助けをもとめて〟叫び声〟をあげた……

＊

テスタレは罪悪感を感じはじめていた。独断でタルサモン湖底の保養所を去ってから一週間になる。すぐにはもどらないと最初から決めていた。アラスカ・シェーデレーアとのプシオンの絆《きずな》を意図的に断つことにしたのだ。それにより、友との精神的共生関係をなかったことにするつもりだった。キトマがつくりだしたこの関係は、どちらにとっても心地よいものだったのだが。

テスタレにとってもアラスカにとっても。

しかし、アラスカはテスタレではない。

アラスカ・シェーデレーアはテラナーで、テスタレはカピンだ。数百年前、テスタレはカピン断片のかたちでアラスカの顔に貼りつき、見た者を狂わせる狂気の産物となった。そうなった原因はかれのせいではなく、転送機の事故だったが。その後、断片はテラナーのからだをあちこち移動したのち、ようやく分離された。最後の断片が失われてからは、平穏がもどってきた。

かれの精神はアラスカのそれとひとつになり、共生状態が生じた。ふたりはうまくやっていたし、たがいのことが好きだった。定命《じょうみょう》の者にはありえない、緊密な友愛関係である。肉体を持たないふたつの精神は、からだで感じるのではない陶酔感をぞんぶんに楽しんだ。たがいのことはすみずみまで理解し合っていたし、なにひとつかくしごとはなかった。かつてカピンの一員だったころにテスタレがいだいていた、昔の敵意をもふくめて。

テスタレはアラスカの苦悩をほとんど本能的に察知した。数百年のあいだ、テラナーが転送障害者として魂の痛みを感じ、表には出さずとも内心では傷ついていたことを。それでもカピンは最初から、自分たちの精神的共生関係が永遠につづくものではないと感じていた。かれを不安にさせたのはアラスカの訥々《とつとつ》とした話し方ではなく、その心に秘められた欲求である。テラナーはいつだって、自分自身のからだに宿りたいと思っていた。

アラスカはしばしば保養所をはなれ、湖のへりで実体にもどった。肉体を持つことのよさを堪能し、まだそれができることを確認するために。その後はいつも帰ってきたとはいえ、ネットウォーカーの任務で出動するさいなど、不在期間はしだいに長くなっていった。

テスタレはかれを悪く思ったりしない。アラスカ自身、おのれの行動にひそむ心理的動機に気づいていないのだから。かれはテスタレ以上に共生関係の意義を信じている。

とはいえ、肉体を持たない細胞活性装置保持者とはいったいなんなのか？　精神として存在することにこだわる不死者に、なぜ細胞活性装置が必要なのだ？

テスタレはこうした重要問題と自分たちの関係を結びつけて考えた。だから、保養所を去ることにしたのだ。共生パートナーの一時的不在を利用して、こっそり行方をくらましたのである。

アラスカはがっかりするだろう。それどころじゃない、理解できないだろう。テラナーに向けてのこしたみじかいメッセージでは、真相をたどたどしく回避するというより、美辞麗句をならべておいた。それでは疑問も問題も解決されるどころか、増えることになる。これはカピンの意図するところではなかったが、もうあともどりはできない。

しかし、アラスカは本当に理解できないだろうか？　こちらの意図に気づいてはいなかったのか？

いまテスタレはプロジェクション体をまとっているが、これはしょせん物質プロジェクションである。ネットステーションからの投影になるため、ステーション内かその近傍でしか使えない。宇宙空間のその他の場所では、からだは手に入らないのだ。

からだがほしいと、テスタレは切実に思っていた。自然に機能する肉体、アラスカと同じように動ける肉体がほしい。

ふたりいっしょにプシオン・ネットのなかをどこまでも旅したことを思いだすと、多幸感につつまれる。アラスカがネットを出て自分の肉体に宿るとき、テスタレはいつも、物質プロジェクターが近くになければ留守番するしかなかった。プシオン・ネット内にとどまり、アラスカの帰りを辛抱強く待ちつづけた。

　そんなことはもう終わりにしなければ。

　テスタレはあたりを見まわした。左には丘の向こうの地下にネットステーションがあって、右には丸屋根の家々がならぶ町がひろがっている。いまいる場所は、町に直接つづく市場だった。何千という群衆が行き来している。アブサンタ＝ゴム銀河に居住する種族の寄せ集めだ。知っている種族はときどき見かけるだけ。

　そんな異星的な生物たちが売店の浮遊スタンドに群がっている。テスタレのすぐ近くでも、汚れた身なりの原住種族二名がぽんこつロボット一体をめぐって、輝く装甲に身をつつんだ店主と値引き交渉しながら言い争っていた。ロボットの下にはちいさなオイルだまりができていたが、二名はその欠陥に気づかないまま、ソタルク語でののしり合っている。装甲姿の店主はそれを見ておもしろがり、くすくす笑ったり声をかけたりしていた。

　装甲には棘《とげ》がついていて、一見エルファード人のようだが、脚は二本でも腕が四本ある。それ以外に、装甲じたいにもいくつか相違点が見られた。

　カピンは頭をそらして空を見あげた。青い恒星が、赤い植物からなる世界に光を振りまいている。空は濃い赤からすみれ色までのグラデーションで、暑い空気は金属や希ガスのにおいがした。

あの恒星はアロナル、ここは惑星テリフである。テリフ人は戦士法典に忠実な種族だが、技術発展の遅れゆえに恒久的葛藤の枠内ではなんの役割もはたしていない。いずれ永遠の戦士グランジカルが側近のエルファード人を送りこみ、この種族も自分の部隊にくわえるのかもしれないが。

テスタレにはどうでもいい話だった。もっとだいじなことがある。

アブサンタ＝ゴム銀河の奇蹟……〝不吉な前兆のカゲロウ〟に近ごろおかしな動きが見られるのだ。説明のつかない理由により、大きな混乱が起きている。原因はだれにもわからない。それを調べようと、テスタレはこの惑星にやってきたのだった。ここは暗黒空間近傍だが、グランジカルがカゲロウを配置している重層ゾーン宙域ではない。

カピンはがみがみ争っているテリフ人二名に近づくと、

「失礼ながら」と、割りこんだ。「わたしが仲裁しよう。それにはひとつ質問に答えてもらう必要があるのだが、どうかね？」

二名はテスタレの存在にはじめて気づいたらしい。どちらも硬そうな角質のまぶたを持つ二対の黒い目をカピンに向けて、じっと見つめる。そのあいだ装甲姿の店主はもどかしげな動きをし、テリフ人たちの機先を制してこういった。

「特例として仲介を認めよう。この男にきみたちの審判になってもらう。法典の導きのもとに！」

そのせりふはテスタレにはどこか皮肉めいて聞こえた。とはいえ、だれも自分の素性をたずねないのでほっとする。なにしろ、ゴリムとして知られるヴィーロ宙航士に似た外見なのだから。

「では、きてくれ！」

かれはテリフ人二名をたがいにすこし遠ざけると、一名だけを近くに呼んで、

「きみはりっぱな仕事をしているようだが」と、如才なくいった。「暮らし向きはどうなんだ？　ロボットとかグライダーとか、せめてひとつでも所有しているか？」

「いいや」と、テリフ人。「だからここでロボットを買おうとしたんだ。いまふうの生活をしたくて。あそこにいる男はロボットも乗り物も山ほど持っているんだぞ。ぜんぶ自動操縦だし！」

「なるほど。わたしの判定によれば、ロボットを手に入れるのはきみの競合相手のほうだ。あのロボットはオイルをたくさん食うし、かれには充分な蓄えがあるから。だが、ひとついいことを教えてやろう。あれがただのブリキ箱だとわかったら、かれはがっかりするぞ！」

そういうと、テスタレは自分が見たことをテリフ人に耳打ちした。男ははっとしてロボットに目をやり、オイルだまりに気づくと、

「わたしはどうすれば……？」と、いいかける。テスタレはそれにかまわず、両テリフ

人を店主のところへ引っ張っていった。最初からそれが目的だったのだ。

「ロボットはこの男のものだ。もうひとりにはあきらめてもらう！」と、宣言した。

これで商売成立。テリフ人二名とロボットが遠ざかる。テスタレはその場にのこった。

店主はしばらくカピンを見つめていたが、やがて浮遊スタンドから褐色の地面におりてくると、その前に立ちはだかった。

「なかなか駆け引きがうまいな」と、装甲のなかから声を響かせる。「きみがあのテリフ人に話したことはすべて聞かせてもらった。賢いやり方だ。感心したぞ、異人！」

「わたしの名はテスタレ」

「わたしはエルディンボルグ。戦士の輜重《しちょう》隊員ではあるが、自由民だ！」

「エルファード人でもないのに、似たような装甲を身につけているのはなぜだね？」

「知りたがりだな。もっとちがう質問をしろ。わたしはまだきみの能力に舌を巻いているんだから。気にいったぞ。ここのがらくたを売るのを手伝ってほしいくらいだ。永遠にというわけじゃないが」

テスタレは考えこんだ。アブサンタ＝ゴム銀河のこの宙域にやってきたのは、ある疑問をかかえているからなのだ。エルディンボルグにこう訊いてみる。

「グランジカルはカゲロウをどうする気なんだろう？　カゲロウが重層ゾーンのへりに集結した理由は？」

「ただ集結したんじゃなく、編隊を組んでいる。行って自分の目でたしかめてみろ。驚くような現象が起こっているから。そのせいで狂乱したり、夢想にふけったりする者が山ほど出たもので、わたしは輜重隊から逃げてきたのさ。カゲロウの副作用については知っているだろう？」

その言葉はテスタレがすでに知っていることを裏づけた。やはりカゲロウはコントロールを失っているのだ。そしておそらく、永遠の戦士もエスタルトゥ第七の奇蹟には手を焼いている。

「ほかにわかっていることはないか？」と、テスタレ。

「グランジカルはカゲロウを武器として投入する気だ。だから編隊を組んだんだろう。輜重隊がどこへ向かうのかについては情報がない」

「きみはいつ輜重隊にもどるんだ？」

エルディンボルグは腕の二本で装甲の胸のところをたたき、盛大な音をたてた。

「もどりたくなったらもどるさ。わたしは自由民だ。とはいえ、いかなる場合もわが戦士と運命をともにする」

「いろいろ情報をありがとう。成功を祈っている！」

テスタレはほかの売店を見にいくふりをしてその場をはなれ、町の細い道路へとまぎれこんだ。ネットステーションは集落から非常に近い場所にあるため、すぐにはもどらないほうがいい気がしたのだ。虫の知らせだろう。公共施設のテラスに立ち、市場の方向を見おろすと、エルディンボルグの光る装甲が目に入った。その浮遊スタンドが町のどこかに消えてしまうまで待ってから、ようやくステーションに向かった。

＊

テスタレはこれまで、輜重隊が出没する惑星をいくつか訪れていた。テリフはそのひとつにすぎないが、いたるところで輜重隊のシュプールに出くわしたため、自身でもっと情報を得ようと考えたのだ。なかでも、カゲロウのふるまいについて解明する必要がある。本能およびネットウォーカーとしての経験が、このふるまいの背後には重大な秘密がかくれていると告げていた。そうでなければ、グランジカルがこの問題をそんなに気にするはずがない。

ペリフォルが不吉な前兆のカゲロウを引き連れて銀河系に向かうのではないか……最初はそう思われたが、この推測は事実によって否定された。ギャラクティカーが受けとったのはムウン銀河の奇蹟、〝番人の失われた贈り物〟だったから。

カピンは精神存在にもどってプシオン・ネットのラインに入りこみ、輜重隊が駐留する星系内にある一アステロイドへとやってきた。なぜネットウォーカー組織がここにステーションを設置したのかは謎だが、ここには小型の乗り物がいくつか装備されている。

テスタレはその一機に乗りこみ、ひそかに飛び立った。グランジカルの輜重隊のあいだでかわされる通信に耳をすましつつ、部隊の側面から半光時の距離まで思いきって近づく。

通信を傍受した結果、非常に重要なことがわかった。グランジカルは無数のカゲロウを集結させて大群にし、アブサンタ＝ゴム銀河全体を横断するかたちで配備する気らしい。〝カゲロウ・ブイ〟がフル稼働していた。プシオン・ネットはすでにカゲロウでいっぱいになっているだろう。

カゲロウの正体は、このブイで人工的に生成される偽プシクだ。偽のプシオン情報量子なので長くはもたない。それがアブサンタ＝ゴムのプシオン・ネットに送りこまれ、ネット内を循環する。その任務は、ネット内を移動するネットウォーカーを探知して捕まえること。

カゲロウの危険性についてはテスタレも知っていた。アラスカとともにみずから体験したのだ。あのときは自分がプシオン共生をはなれてカゲロウを引きつけたのち、アラスカが隙を見て宇宙船に収容してくれたおかげで助かったが。

カゲロウを制御しているのはナックだ。この奇怪で異質な種族が意識的に狙いを定めてカゲロウを配分しているとは思えない。かれらにわかっているのはおそらく、ネットウォーカーが通常路を移動しないということだけだろう。それはエネルプシ船が利用するから。

カピンはアステロイドにもどって小型機を係留すると、物質プロジェクターのあるホールに足を踏み入れた。そこにプシオン・ネットの出入口があるのだ。ふたたび精神がネット・ラインに入りこんだ瞬間、プロジェクション体は消える。

プシオン・ネットのなかに入り、プシオン刻印を持つ者が通れるルートを進んだ。カゲロウの群れがおかしなふるまいをしている場所にみずから行ってみたいと望む。精神存在の状態でいればかなりはなれたところから偽プシクの存在を感じとれるので、うまく避けられるはずだ。できるだけ近くでその作用を観察したい。

アブサンタ＝ゴムのプシオン・ネットから遠くはなれた一ノードの近くで、ついに探していた群れを発見。回避する方法はいくつかある。テスタレは魅了されると同時に吐き気をもよおしつつ、カゲロウのあとを追い、しだいに近づいた。アブサンタ＝ゴム銀河の奇蹟へと……永遠の戦士がネットウォーカーにとどめを刺すために考えだした、恐ろしい武器へと。

機を逃さずに気づいて危険を避けられたのはよかった。

そのとき、テスタレはは っとしてその場に釘付けになった。カゲロウの方向から、あるメッセージを受けとったのだ。プシオン・ネットを経由したメッセージでないのは明らか。だれが発したものだろうか？

安全距離をたもつのは断念し、さらに近づいていく。メッセージがしだいにはっきり受けとれるようになった。だれかが助けをもとめている。無数のカゲロウの群れに捕まったのだ。急がないと、まもなく通常空間に復帰してしまうだろう。

テスタレは長考しなかった。捕まったのはネットウォーカーにちがいない。なんらかの理由でカゲロウを避けることができずに、巻きこまれてしまったのだ。

プシオン・ラインに沿って群れに向かっていく。〈いま助けるから!〉〈待っていろ〉と、シグナルを送った。

どれくらい近づくと危険かは、経験から知っている。かれはその距離をほんのすこし下まわるところまで進んだ。

意図したとおり、偽プシクの動きがはっきりわかるようになった。こちらの接近に気づいたらしい。群れはテスタレに向かって動きはじめ、迷うことなく追ってきた。かれは近くのノードまで逆もどりすると、そこでまた方向転換し、しばしようすをみる。

まだ群れとコンタクト可能な範囲にいるため、ネットウォーカーをとらえたプシクのオーラを感じとることができた。救いをもとめる声も聞こえる。だが〝助けてくれ〟というばかりで、テスタレの名前を呼ぶことはしない。なぜだろう?

声がちいさくなった。カゲロウが獲物を弱らせているということ。

テスタレはさらに敵を誘導するため、リスクを冒して偽プシクに接近。大群は磁石に引きよせられるごとく、たちまちこちらへと方向転換した。かれが持つプシオン刻印に反応するらしい。だが、近くのノードまで行けばもう心配はなくなる。カゲロウはこちらのシュプールを追ってきた。まるで、野生動物を狙う狩人みたいに。

うまい比喩だと、カピンは自分でも思った。

次のノードが見えた。ラッキーなことに、ネットステーションがあるノードだ。目標を達成できるかもしれない。

〈もうすぐ自由になれるぞ〉と、メンタル手段で伝えた。〈出してやるからな。わたしの声が聞こえたら、サインを送ってくれ〉

しかし、答えはなかった。

＊

ネットステーションはテスタレのプシオン刻印すなわち〝同意の刻印〟をすぐに認識し、同時にその思考インパルスを受けとって物質プロジェクターを作動させた。プロジェクターのノズルがうなり、やがて放射が消える。カピンの精神が実体化。かれは急いでプロジェクター・サークルを出ると、開いたハッチを抜けて急ぎ、ステーションの司令本部に足を踏み入れた。すこしのあいだ立ったまま、鏡のような金属壁にうつる自分の姿を見つめる。

ブロンドで角張った顔の若い男。肌は青白く、グレイグリーンのコンビネーションに身をつつんだからだは鍛えられた印象ながら、筋肉質というより華奢《きゃしゃ》に見える。

「そう、これがわたしだ」その声には年齢のわりに暗い響きがあった。「この姿になりたかった」

かれは自分がイメージするとおりのプロジェクション体をつくりだせるのだ。つねにその方法を用いてきた。

テスタレがいまいるネットステーションは、エスタルトゥ十二銀河ではゴリム基地と呼ばれている。五千あまりあるが、かれはその一部しか知らない。ステーションはすべてひな型に沿ってつくられているため、どれも設備はほぼ同じだ。

「ようこそ、テスタレ！」スピーカーからステーションの声がした。「カゲロウの接近を感知しました。バリアを展開します！」

「急いでくれ。あとはわたしが引き受ける！」

数メートル前にある技術機器の上に、ほとんど目に見えないきらめきがひろがる。ここ以外の場所にもバリアが張られただろう。ステーションは海底から千メートル下に建設されているので、この惑星の環境に影響をおよぼす心配はしなくていい。

テスタレは手近なシートに腰をおろした。これから起こることは前にも経験している。ただ、今回は自分の精神にもプロジェクション体にも危険はない。

さっそくはじまった。意識のなかで突然、軽い引力が生じる。カゲロウの群れがステーションに到達し、プシオン・ネットをはなれてテスタレに向かってきたのだ。かれがここにいる唯一の生命体で、プシオン成分のリフレクターだから。目には見えないが、数秒後にはとりかこまれていた。カゲロウが襲いかかり、意識のなかにひろがりはじめる。

「くるがいい」ネットウォーカーはささやいた。「わたしを捕まえる気なのだろう。だが、それができるのはネットのプシ空間にいるあいだだけだ。おまえたちはわたしを絡めとり、群れのなかに埋めこんで通常空間に復帰したのち、永遠の戦士の艦船にとらえさせるつもりかもしれない。しかし、忘れているようだな。ここはネットウォーカーの拠点だ！」

テスタレは哄笑《こうしょう》した。自分の言葉も思考も、精神を持たない偽プシクには通じないが。カゲロウが押しよせてきて引力が強まる。カピンは目を閉じてリラックスし、シートにもたれた。この状態が長くつづかないことは経験から知っている。耐えられるはず。いかなる場合でも、ほかにカゲロウから逃れる方法はないのだ。

思考のなかに映像が浮かんでくるのを待つ。目を閉じたのは、自分の感覚がしだいに現実味を失っていくとわかっているからだ。偽プシクによって意識内に展開する幻覚がいきなり襲いかかってきて、カピンはたじろいだ。シートのクッション入り肘かけをぎゅっと握りしめる。

目の前にあらわれたのは火山が連なる光景だった。山がどんどん上にそびえていく。見かけの危険を無視しようとしてなんとか成功したのは、まだ精神にいくらか理性がのこっていたからだ。だが、それもしだいに減ってきた。煙をあげて沸きたつクレーターが見える。そこへゆっくりと歩いていくうち、ついに最後の理性も消え、不幸を予言する幻覚の虜《とりこ》になってしまった。

「とまれ！」アラスカ・シェーデレーアの声がしたが、テスタレは歩きつづけた。ブロンドの髪を無意識に振りはらい、右手をのばしてふたつめの火山の方向をさししめす。その上部に黒い染みがあるのがかろうじてわかる。

「あれがわれわれの目的地だ、シェーディ」カピンは侏儒《しゅじゅ》のライニシュの言いまわしをまねた。「あそこにかくれていろ。わたしもすぐに行くから！」

「行かない。あそこに行けば、われわれは破滅だ！」アラスカがどなる。

テスタレは応じなかった。いまいる場所から、三つのクレーターが火柱を噴きあげるのが見える。それに魅了されてしまい、目がはなせないのだ。数歩歩いたのち、急ぎ足になり、ついには走りはじめた。クレーター壁まで駆けのぼっていくと、その場に立ちつくし、灼熱のなかをのぞきこむ。パートナーに合図を送り、轟音《ごうおん》に負けじと叫んだ。

「ここなら安全だから！」と、振り向いてアラスカを目で探す。炎のちらつく明るさのなか、細い影が見えた。「ここに転送ステーションへの入口がある！」

「もどってくるんだ！」アラスカの返事だ。「そんなところに転送ステーションなどあるものか。だれも助けてくれないぞ！」

「だったら、自分たちで助かるまでだ！」テスタレは怒って地面をどんと踏みしめる。地面が揺れ、震動した。地震波が横にも下にも上にも伝わっていく。カピンは目を見開いた。いまいる岩棚が動きだし、土の一部が崩落したのだ。かれは両腕を大きくひろげてバランスをたもとうとした。足の下で地面が半メートルほど陥没し、クレーター壁の一部が崩れて穴があいた。赤熱《せきねつ》する溶岩が水平方向にあふれだし、四方八方に流れる。すると次の瞬間、穴がひろがって、噴石が土とともになだれ落ちてきた。

テスタレは二メートルほど落下したものの、まだそこにとどまっている。クレーターに落下しないよう、前かがみになって膝をついた。

「早くあがってこい！」と、アラスカに向かってどなる。「安全な場所はここだけだ」

アラスカは灼熱のなかにある岩石の上に立ったたまま、苦々しげに両腕をひろげた。その顔に溶岩の照り返しが鬼火のごとく揺れ動く。髪は燃え、頬には大きな水泡ができている。溶岩がかれの立つ岩に押しよせ、岩がぐらつきはじめた。

「テスタレ！　助けてくれ！」アラスカは叫んだ。

カピンは立ちあがってうなずいた。もうもうとたちこめる煙に視界がさえぎられる。

ようやくあたりが見えてきたまさにそのとき、アラスカのいる岩が押し流されるのがわかった。友は最後にひとつ悲鳴をあげ、沸きたつ溶岩のなかに落ちた。

テスタレはうめいた。テラナーのからだが数秒後に消え去ったのを見て、目眩《めまい》をおぼえる。目で遺骸を追おうとするが、見つからない。

「アラスカ、わが親友！」そう叫んだ拍子にバランスを失い、クレーター壁を五メートル滑り落ちた。ひろがった穴から流れてくる溶岩の恐ろしい熱気で息ができない。「置いていかないでくれ。きみがいないと生きていけない！」

かれは窒息したようになり、すこし長く空気を吸いこむ。熱が肺に達したとき、いまいったことが現実になるだろうと突然わかった。この状態が長くつづくはずはない。いずれ自分も灼熱の海に飛びこむのだ。

永遠の戦士や法典の敵として活動する者はみな、こういう目にあうのだから。

テスタレが考えをめぐらせるうち、あたりは夜になろうとしていた。煮えたぎる溶岩のなかにいても意識は失っていないので、それがわかるのだ。だれかが投光器でかれの顔を照らしだす。防護服姿のグッキーだった。ネズミ＝ビーバーは地上から三メートルもない場所に浮かんでいる。一本牙《きば》をむきだし、ぴいぴい声でこう訊いた。

「あんた、いったいなにをしでかしたのさ？」子供じみた声がカピンの骨身にこたえる。「溶岩がそこらじゅうに流れでて、五千あるステーションがぜんぶ埋まっちゃったよ。

もうネットウォーカーはおしまいだ。拠点がなくなったんだから！」

テスタレはこのときようやく、自分がとんでもないことをしたと気づいた。

「殺してくれ！」と、たのむ。「それがだめならみずから破滅に向かう」

「ぼかあどっちもやらないし、やらせないよ、テスタレ」

カピンはわきにころがると、滑落してクレーター壁にぶつかり、穴のところまで到達した。ネズミ＝ビーバーの目が見える。グッキーの叫び声を聞いて、かれのテレキネス能力も効かなかったのだとわかった。テスタレは溶岩に触れ、そのなかへ沈み、たちまち意識を失う。心地よい温かさにつつまれ、永遠の時が過ぎた。目を開けると、おだやかな声がたずねてきた。

「よく休めたかね、ネットウォーカー？」

びくりとして身を起こし、声の主をじっと見つめる。エスタルトゥでほかには見られない、樽のような胴体を持つ不格好な生物だ。

「ハロー、オファラー！」と、しわがれ声で応じた。「きみがわたしを助けてくれたのか？　ネズミ＝ビーバーはどうなった？」

「わたしがここにきたのは、きみを勝者と定めるため。きみは生命ゲームで勝利した、テスタレ。最後までのこったのだからな。よろこんでいい。きみは法典を打ち負かし、恒久的葛藤を崩壊させた。これでエスタルトゥはすべての住民の楽園となった。超越知性体がきみをエトゥスタルの宮殿に招待したいそうだ。栄えある任務が待っている。正直いうと、すこしうらやましいぞ！」

テスタレはベッドの上で身を起こした。眠っているあいだに傷も治療され、いまは高価そうな衣装を着せられている。鏡になった壁に向かい、自分の姿を観察した。当然なのだろうが、豪華でしゃれた身なりだ。かれは無理に笑みを浮かべ、半分開いたドアをさししめした。

「もう待ちきれない。行こう！」

オファラーは了解のしるしに歌うような言葉を発し、先に立って進みはじめた。高さのある重厚なドアが背後で閉まる。その音がカピンの意識内に反響し、まるで後頭部をだれかにフライパンで殴られたように感じた。

そこで、頭部に生じた圧力がたちまち消えた。体重がすくなくとも四グラム減ったみたいな気分だ。思わず目をつぶり、ぱっと開けると、思考がクリアになった。目の前にステーションのきらめく機器類が見える。いままでシートの肘かけを握りしめていた手をゆるめ、首をかたむけた。次の攻撃があるかと思ったのだが、ない。ゆっくり立ちあがり、周囲を見わたした。太腿《ふともも》にちいさな水玉がびっしりついている。額や頬から流れ落ちた汗のしずくだ。かれはコンビネーションの袖で汗をぬぐった。

「大丈夫ですか？」ステーションの声。「シャワーを浴びてはいかがです？」

「ありがとう。いまは急ぐので」と、簡潔に答える。

司令本部の隣室にもどり、プシオン・ネットに入りこんだ。ここは数本のルートがまじわる場所、すなわちノードである。プロジェクション体が消える。テスタレは精神存在となってネット・ラインにもぐりこみ、捜索を開始した。

〈どこにいる？　返事をしてくれ！〉

最初はなにも聞こえなかったが、やがて弱々しい声が答えた。

〈ここだ。きみがわたしを助けてくれたのか？〉

〈そうだ。わたしはテスタレという。ネットウォーカーよ、きみの名前は？〉

〈ネットウォーカーとはなんだ？〉

こんどはカピンが驚く番だった。世界が崩壊したような感じがする。この相手がネットウォーカーでないなら、当然プシオン刻印も持たないはず。なのにいったいなぜ、プシオン・ネットのラインを移動できたのか？

あわてて帰ろうとしたが、相手はそれに気づいたらしく、

〈行かないでくれ！〉と、懇願した。〈きみはあのプシオン量子からわたしを救ってくれた。あれのせいで、わが精神はほとんど消えるところだったのだ。礼をしたい。なにかできることはないか？〉

〈いいかげん、きみの名前を教えろ！〉

〈エルンスト・エラートだ〉

テスタレの精神はざわめきはじめた。


嘘だろうといいたかった。そんなはずはないと納得したい。

それとも、やっぱり本当なのか？

〈ようこそ、エルンスト・エラート！〉結局、そう応じる。信じがたいことが起こったのだと思うしかなかった。〈テスタレという名前には聞きおぼえがないだろうが、こういえばわかるかもしれない。わたしはかつてきみの同胞アラスカ・シェーデレーアの顔に宿っていたカピンの断片だ〉

これを聞いて、かつてのテレテンポラリアーは言葉もなかった。

＊

ふたりはノードへともどった。テスタレはネットウォーカーのことや銀河系およびエスタルトゥの状況など、知っているかぎりで報告する。おかげでエラートは、ヴィーロ宙航士たちが銀河系を出発してからのほぼ十八年間になにが起こったか、概略を知ることができた。

〈われわれネットウォーカーは、永遠の戦士やその手下どもと決定的な戦いをくりひろげている〉と、テスタレ。〈いまは、ちょうど次の生命ゲームの準備がおこなわれているところ。これは惑星マルダカアンでなくシオム星系で開催される予定で、運営とゲーム進行を管理するのは〝パーミット〟保持者のロナルド・テケナーとロワ・ダントンだ。ふたりはオルフェウス迷宮からの脱出に成功したため、イジャルコルから名誉称号をあたえられた〉

〈なにもかも驚くような話だな〉エラートが応じる。〈ほとんど信じられない。超越知性体エスタルトゥはいま、どうなっているのだ？〉

〈だれも知らない。永遠の戦士もエトゥスタルのプテルスも、見当がつかないらしい。だがいずれ、われわれが突きとめる。さ、こっちだ！〉

テスタレはエラートの精神をネットステーションの近くまで導くと、プシオン・ネットのラインから出て、プロジェクション体に宿った。そこでエラートの到着を待つが、なかなかこない。数分後、しかたなくプシオン・ネットにもどる。エラートはテスタレがネットをはなれた場所にまだいた。

〈きみはなにか期待していたようだが、わたしは役にたてない〉と、時空のかなたからきた精神がいう。〈ネットウォーカーが使うプシオン・ネット内を移動することはできる。だが、わたしにはきみのいう刻印がない。ネットステーションに入ることは不可能だ！〉

テスタレは考えこんだ。エラートのすぐ近くまで行き、プシオン感覚を使ってわかることがないか、耳をすましてみる。だが、失敗した。エラートはネットウォーカーではないし、おまけにメンタル安定化処置を受けている。かつてミュータント部隊の一員だったのだから、不思議はないが。

〈ためしてみてくれ！　わたしもできるだけ手伝うから〉と、ネットウォーカー。

〈ステーションが受け入れを拒むだろう〉

〈そんなことはない。きみが敵でないことは明らかだ。それはステーションもわたしの行動からとっくに知っているし、わざわざいわなくても、きみが助けを必要としているのはわかるはず。ステーションが助けてくれるさ！〉

〈わかった。どうすればいい？〉

〈ただノードの中心に近づくだけだ。ステーションのエネルギー・エコーを感じとれるはず。そうしたら、実体化できるネット・ラインのポイントを探してくれ。あとはわたしにまかせろ〉

〈むずかしそうだな〉パラポーラーは陰鬱《いんうつ》にいった。〈だが、とにかくやってみよう。プロジェクション体はどういう外見になるのだ？〉

〈きみが特定のイメージを思い浮かべれば、それに応じてステーションが判断する。そうしなければ、種族の平均像になる〉

エラートの精神はカピンの精神を通りすぎてノードの中心に近づいた。テスタレが注意深く見守る。本当にうまくいくのか、あるいは困難が生じるのか、かれにもわからない。エラートはネット・ラインの実体化ポイントに着いた。すこしはなれて見守ると決めたテスタレのそばで、ふたたび質問する。

〈実体化の命令は出さなくていいのか?〉

〈そうしたいと望むだけでいい、テラナー。ステーションに入らずネットにとどまったまま、次々にルート変更したいと望めばそれもできる〉

エラートが〝ステーション内に実体化したい。ルートを出て肉体を得たい〟と望むのを、テスタレも感じとった。そのプロセスがはじまったが、なにかがエラートを押しもどしてしまう。テスタレはおちつきをなくした。自分がしくじったとは思えないし、失敗するはずもないのだが。原因はエラートにあるにちがいない。

エラートの精神が近づいてきて、苦痛の叫び声をあげた。すこし時間がたって痛みがおさまったのか、ようやくわれに返ったようだ。テスタレはエラートをその場にのこし、みずからステーションの施設におもむいた。

「なぜうまくいかなかった? どうしてエラートはステーションに入れないのだ?」

「あなたのせいです、テスタレ」と、ステーション。「あなたが道案内しなければ。かれが入ることは可能ですが、ネットとネットウォーカーのあいだに調和が存在するのを忘れてはなりません。エラートにはそれがないため、困難が生じるのです。ただ、方法はあります。こちらがかれの望みを受けとることさえできれば、うまくいくでしょう。とはいえ、かれがプロジェクション体で動けるのはステーションの内部だけです。あなたは例外ですが」

「わかっている」テスタレが例外なのは、長いことカピン断片として存在するあいだにプシオン成分を得たことで、ネットステーションの外でもプロジェクション体をたもっていられるからだ。すくなくとも、ある程度の距離までは。多くのステーションでプロジェクション姿で作業しているクエリオンたちさえ、それはできない。

「エラートのもとに行って手伝ってあげなさい、テスタレ！」

ネットウォーカーはステーションを去り、パラポーラーを探した。ノードの中心からかなりはなれた場所にいるのを見つけ、呼びよせる。

〈勇気を出せ。わたしが道案内するから〉そういって相手に触れようとしたが、エラートがびくりとしたので動きをとめた。おかしい。どうしたのだろう？　異生物の精神と触れ合うこともコミュニケーションをとることも、エラートなら慣れているはずなのに、まるで恐れるような態度だ。

〈そうか。わかったよ、エルンスト。わたしがアラスカの顔にいたとき、狂気をもたらすカピン断片だったことを気にしているのだな？〉

〈そうかもしれない〉

エラートの抵抗はすぐに消え、ふたつの精神は重なりはじめた。同時にそれぞれ、相手の精神の一部を受けとる。テスタレは〝成就の地〟についていくらか知り、エラートのほうはカピンの思考から、自分たちが行こうとしている場所のイメージを得た。

〈きみはこれを意図していたのか〉と、テスタレ。〈わたしに意図的に精神を開くことで、自分の秘密を教えようとした〉

エラートはなにもいわず動きだし、テスタレとともにノードの中心まで進んだ。ここからステーションに入るのだ。ふたつの精神は一部が融合している。カピンはエラートに道をしめした。

それはエラートには困難な道だった。テスタレの精神インパルスにしたがって方位確認し、カピンとステーションのプシ成分がもたらす暗黙の調和を究明しようとするが、うまくいかない。カゲロウに攻撃されてメンタル成分が障害を受けたせいだった。ようやくいま、おちつきをとりもどし、テスタレがよそおっている冷静さをすこし受け継いだ。一方、テスタレのほうはもっとエラートの精神に入りこもうと苦労していたが、そこでわかった。自分とかれの精神共生関係に問題があるのだ。

〈グッキーやペリーのことを考えろ〉と、ふいにいう。〈ステーション内にかれらがいると想像するんだ。ゲシールやアトランも、それからエイレーネもいると〉

〈エイレーネ?〉エラートにとってははじめて聞く名前だった。テスタレの報告には出てこなかったので。

〈ペリーとゲシールの娘だ。いつもは惑星サバルにいるが、もしかしたらこのステーションに滞在しているかも〉

カピンの確信ある口調にうながされ、エラートはなつかしい友たちとの結びつきを強く感じた。テスタレはいまがチャンスだと決意。

〈行くぞ!〉と、エラートの精神を引っ張る。

エラートはもう抵抗しない。進んでネットウォーカーにしたがう。テスタレはプシオン・ルートの微小宇宙にかれを導き、調和の道をしめし、ひとりでに湧きあがってくる感覚を伝えた。エラートの精神はこれまでになく解放され、自分が夢をみていると思った。トランス状態でカピンにおのれのすべてをゆだね、その精神についていく。テスタレはこの瞬間、もしその気ならエラートの精神を破壊することもできただろう。もちろんそうはしない。もう攻撃的なカピンではなく、ネットウォーカーなのだから。その道徳性や責任感が意識の奥深くに宿っていた。

エラートは望みを思い浮かべはじめる。それにすこし気をとられていると、たちまち目の前に超えがたい障壁が生じたのがわかった。最初の試みでは、これがかれに苦痛をもたらしたのだ。

本能にしたがって逃げだしたかったが、理性が勝った。ふたたびテスタレの導きに身をまかせる。すると、吸引力が生じてテスタレから切りはなされた。カピンの精神が感覚から消えたと思うと、すぐに重力の作用を感じた。自分のまわりでプロジェクションが渦巻いている。隣りにいるだれかが咳ばらいした。どう見ても人間だ。エラートは横を向いてみた。

いや、人間じゃない。それはわかる。カピンにまちがいない。テスタレがこちらを見た。

「黒髪ですこし痩せぎみ、非常に隙のない目。つまり、これがエルンスト・エラートか」ネットウォーカーがいった。「ネットステーションにようこそ！　出発前に話し合っておきたいことが山ほどあるのだが、あまり時間がない。アブサンタ＝ゴムでやるべきことがあるのだ。ほかの者が同じ考えにいたる前に、自身でとりくみたい」

「ほかの者というのはアラスカのことか？」エラートはそう質問することで、カピンのコンプレックスを把握しているとわからせる。

「それだけじゃない」エルンスト。アラスカに肉体があってわたしにはないというのが、いちばん重要な相違点なのだ」

テスタレが出入口をさししめし、ふたりは司令本部に入ってシートに腰かけた。ステーションがエラートに歓迎の言葉を述べる。パラポーラーの情報はすでに得ていた。グッキーが例のメンタル・コンタクトについて報告したから。

「さ、きみの話をしてくれ！」と、テスタレ。「なぜヴィールス体を捨てたんだ？」

エラートはその質問をかわし、表面的なことだけ伝えて細かい点には触れなかった。話したくなかったのだ。この十数年、宇宙空間でどんな冒険をしてきたかも。テスタレはその心境を、相手の本物ではない目から読みとった。エラートが時空の無限を体験してきたことは、目を見ればわかる。

「われわれふたりとも身に合った肉体を手に入れられる場所がわかったぞ」エラートは話題を変えた。「〝成就の地〟だよ。可及的すみやかにそこへ行きたい。それがいまの願いだ」

「なのに、どうしてまずここへきたんだ？」

「そのことをグッキーに伝えたくてね。ほかのだれかでもいい。たとえば、きみだ。宇宙の秘密を知っているかい、テスタレ？　苦痛や狂気しか知らないだろう。あとはカゲロウとか。そのせいでわたしは存在を消されそうになったわけだが」

「たしかに。ま、助けたことで礼をいわれるにはおよばないよ。きみと出会えてよかったと思っているから。カゲロウのようすがおかしいのはわたしも気づいていた」

それが〝不吉な前兆のカゲロウ〟と呼ばれる理由は、つねにアブサンタ＝ゴム銀河の種族に起こりうる未来の恐ろしい夢をもたらすからだ。それも、現実と見まごうばかりの夢を。カゲロウは予言者であり、法典を遵守《じゅんしゅ》しない者や恒久的葛藤を逸脱しようとする者に凶兆を見せる。相手が法典に忠誠を誓っていてもそうでなくても、面と向かってその欠点を指摘し、狂気の世界に巻きこんでそれを思い知らせるのだ。カゲロウに襲われた者は後悔の念に打ちひしがれて法典の庇護下にもどり、これからは永遠の戦士の掟にもっと忠実にしたがうと決心する。おかげでグランジカルはクーデターの心配とは無縁だった。

「この銀河でともに行動しようじゃないか」テスタレがエラートに提案し、エラートも了承した。テスタレのそばにいればほかのネットウォーカーとも接触できるかもしれない。あるいは、せめてカゲロウの夢について聞くことはできるだろう。無限の世界から帰ってきて、いまようやくエラートは、故郷の近くにいるのだと満足した……〝近く〟というのは相対的な意味だが。かれのように大宇宙をさすらう者にとり、四千万光年というのは、笑ってしまうほどわずかな距離なのだ。たとえば、隣りの敷地に足を踏み入れて隣人とおしゃべりするようなもので。

＊

「こっちだ！」エルンスト・エラートが叫んだ。テスタレはその声にしたがって格納庫の隣室に入る。いまかれらがいるネットステーションは、アブサンタ＝ゴム銀河中枢部の一惑星の地下にあった。その近くで二名の原住種族を見かけたのだ。山からステーション内部に通じる偽装した縦穴があるのだが、二名はこれを発見したらしく、エアロック付近をうろついていた。

精神存在ふたりはここ数日、銀河内をあちこち行き来している。そのあいだにエラートも個体ジャンプのやり方を習得した。刻印がなくてもプシオン・ネットになんなく合流できるし、ネットを出てステーションに入ることもできる。ただ、それ以外の行動はかれにもテスタレにも無理だった。肉体を持たないので、できることには限界がある。

「思いきってやってみよう」パラポーラーはいった。いまは最初のときと同じ姿になっている。黒髪の痩せた男で、どんな硬い物体も貫いて見通せるような目の持ち主だ。

「こんどはきみがわたしに身をまかせる番だ」

「あの二名はどういう者たちなんだ？」

「すでに探ってみた。単純な生物だよ。永遠の戦士に押しつけられた技術文明を持ってはいるが、どちらかといえば未開の種族だ。自分たちのエンジンでは宇宙航行はできなかっただろう。われわれ、かれらに恐怖を吹きこむ。この山には悪霊が住んでいると信じこませるんだ。そうすれば、二度とここにこようと思わないはず」

「しかし、エルファード人かグランジカル自身がそれを聞きつけて調べにくるんじゃないか」

「グランジカルが悪霊を信じるようなことがあればな。永遠の戦士が仮装ごっこに首をこし入りこむよ」


突っこむなんて、聞いたことないだろう？」

テスタレも納得せざるをえなかった。

「目を閉じて」と、エラート。「いまからプロジェクション体を出て、きみの精神にすこし入りこむよ」

テスタレは精神が溶け合う感覚をおぼえた。ただ、これはいままでにない感覚だ。べつのネットウォーカーの精神と共同作業するのとも、無力なエラートを誘導してプシオン・ルートを進んでいったときともちがう。意識のなかでなにかにつつまれたように感じたと思うと、次の瞬間、周囲の景色が一変していた。自分のプロジェクション体が消えたのはわかったが、そのあとは暗闇のなかにいた。見慣れた宇宙を旅しているようでも、こんな体験ははじめてだった。せいぜい最初のほんのわずか、転送機事故でアラスカと衝突したときの状態に似ていると思っただけで。それでもあのときはまったくちがっていた。とてつもない痛みに襲われ、なにが起きたのかもわからなかったから。

いまはエラートに導かれていなかったら、自分の精神はどこか無限のかなたに消えてしまうにちがいない。肉体保持者の衣服を引っ張るように、エラートが自分の精神を引っ張っていく。異人の思考が押しよせてきて、テスタレは混乱した。アイデンティティが失われてしまうのではないかと不安になる。そのとき、エラートのなだめるようなインパルスを受けとった。

〈耳をすましてみろ。よく聞くんだ！〉と、パラポーラーが伝えてくる。

テスタレは耳をすました。すると、自分たちが入りこんだ生物の思考が読めるようになった。すごい発見をしたと考えている。ここにあるのは神々の存在をしめす証拠で、種族のあいだで数十万年語り継がれてきた秘密に迫ったのだと思いこんでいた。

この生物の種族名はサロザベという。もう一名はかれの弟らしい。

エラートはサロザベの思考にもうすこし深く入りこんだ。意識の底に触れ、インパルスをくりだす。

〈冒瀆《ぼうとく》行為をやめよ！〉

サロザベが驚愕するのがわかった。弟のほうを振りかえっている。エラートはこのチャンスを利用して、みずからの精神を相手の神経節に固定した。この神経節が感覚刺激を電気的プシオン・インパルスに転換するのだ。

〈プシオン・ルートの微小宇宙を旅するのと同じさ〉と、エラートはテスタレに伝えた。〈ここでは一生命体の神経節が微小宇宙にあたるわけだ〉

かれはカピンの精神をすこし自分のほうへ引きよせる。テスタレの精神はサロザベの目を通して景色を見、耳を通して音を聞いた。エラートが嗅覚を押さえていないため、においを嗅《か》ぐことはできないが。

弟のサロザベの顔が見えた。

「どうした？」と、たずねてくる。

「い……いや、なんでもない」と、兄のサロザベ。

〈いまのでわかっただろう？〉エラートがテスタレに無言で話しかけた。〈かれらがほかの者にここでの体験を話したって、だれも信じやしないさ〉

テスタレにもしだいにそう思えてきた。

〈そこで待っててくれ〉エラートはそういって出ていく。

テスタレは異人の意識にしがみついたまま、あまり長く待たされないといいがと思った。テラナーは弟のサロザベにも同じことをするつもりなのだ。

しばらくなにも起こらなかったが、いきなり弟が悲鳴をあげる。

「やめてください！」と、叫んだ。「わたしはなにもしてません！」

テスタレは魅せられたようになって機をうかがった。エラートとのとりきめを思いだし、同じく強い思考インパルスを発する。

〈神々の秘密を暴《あば》こうとする冒瀆者はけっして下山できない。死ぬことになるぞ。すぐに引きかえせば、命は助けてやる〉

こんどは兄のサロザベも悲鳴をあげた。

「聖なる場所を穢《けが》すつもりはなかったのです」と、大声でいう。「ここへは二度ときません。おお、無上のよろこびだ！　われらが神々は本当にいらした！　もう恒久的葛藤も永遠の戦士グランジカルも、われわれには関係ない！」

二名は大あわてで下山していく。テスタレはいささか不安になるが、すぐにエラートの精神がコンタクトしてきた。ふたりは部分的にひとつになり、すぐに物質プロジェクターの放射のなかに立つと、やがてプロジェクション体をとりもどした。ステーションの司令本部にもどったところで、エラートがいった。

「わたしが会得《えとく》したように、きみもやれるぞ。パラポール能力があれば、ほかの生物に宿って好きに動かすことができるんだ。まるで動物使いみたいに。さしあたり、プシオン・ルートの外で行動するための手段ということ」

テスタレはエラートの手をとり、ほほえんだ。

「これでわれわれ、本当に運命共同体だな。きみみたいな友ができてうれしいよ！」

＊

それから数週間、ふたりはアブサンタ゠ゴム銀河をパトロールした。うっかりして偶然エルファード人や法典忠誠隊の主要メンバーに見つからないよう用心しながら、さまざまな種族のもとを訪ねる。その目的は、不吉な前兆のカゲロウの影響を調べること。ふたりも何度か実際に体験した。グランジカルはいつのまにかカゲロウの大群を銀河中枢から北へ移動させている。ところが、そこではカゲロウがある特定宙域に入ったとたん、ますます奔放に狂奔し、制御不能になるのだった。

こうした障害をもたらすプシオン性の発生源がどこかにあるにちがいない。精神存在ふたりはそう考え、まずはこの特定宙域におもむいて原因を探ろうと決めた。エルンスト・エラートもいまではネットウォーカーたちの目的をとうに知っている。かれ自身、この発見には重大な意味があると確信していた。

数日後、ふたりはまたネットウォーカーの一ステーションに立ちよった。テスタレはノードの記憶装置に照会し、エラートとともに最新の出来ごとについて情報を得る。それから、自分でもメッセージを吹きこんだ。その唇にはすこし物悲しげなようすがあった。

「アラスカへ。わたしのことなら心配するな、元気だから。カゲロウの秘密を突きとめた。その騒乱を引き起こしている原因を探りに、友と向かう。きみも知っている男だ。エルンスト・エラートといい、わたしと同じく肉体を持たない。すべてが解決したなら、われわれ、肉体をあつらえようと思う。すてきだろうな。じきにまた会おう。テスタレより」

## 2

エンテール九は〝カゲロウ・ブイ〟と呼ばれる宇宙基地のひとつだ。カゲロウ・ブイはアブサンタ＝ゴム銀河全体で数千あり、閉じた牡蠣《かき》のようなかたちをしている。エンテール九は全長二百メートル、いちばん厚い部分が六十メートルある。

そこの整備室で、全身を毛皮でおおわれた身長三メートルの生物、トライフェル種族のポル＝サ＝フォルが考えこんでいた。任務はすべて完了し、中央指揮所からあらたな指示がくるのを待っている。それは笛に似た特徴的な音でわかるのだが、まだこない。かれは身を揺すり、また考えにふけった。

グランジカルはわれわれを見はなしたのだろうか。アブサンタ＝ゴム銀河を統治する永遠の戦士はもうトライフェル種族に試練を送ってこない。見捨てられたとすれば、種族にとっては大きな屈辱である。故郷のエイラット星系でもそれなりの騒ぎになっていた。事実を明らかにするべく、惑星トライフォンでは評議員たちが集まって戦士への陳情書を作成するらしい。

「そんなのまちがっている」と、カゲロウ整備員はつぶやいた。「グランジカルの気分を害してはまずいんじゃないのか。永遠の戦士の怒りを買うことにでもなれば、われわれは破滅だ」

そう忠告してやろうと決めた。こんどカゲロウ・ブイを出てトライフォンにもどる機会があれば。

そのときスクリーンが明るくなり、ポル＝サ＝フォルははっとした。かれの目は光に弱いので、すこしのあいだ視線をそらす。画面にはよく知るシンボルがうつしだされた。三本の矢がある正三角形……偉大なるエスタルトゥ帝国のしるしだ。

休憩場所をはなれてコンソールに歩みよった。右手をのばし、点滅する呼び出しキイを押す。

「第十二整備室、ポル＝サ＝フォルだ」と、応答。

カゲロウ・ブイが危機的領域に入ったと、調整されたロボット音声が告げた。こうした場合にとるべき防御処置は全要員が知っている。

「保安ボックス4を開けること」と、ロボット音声。「いちばん上に入っているフォリオをとりだし、よく読むように」

スクリーン上の偉大なシンボルが消え、ちりちりと静電圧が低下していく音がした。

ポル＝サ＝フォルはなにかぶつぶつ文句をいうと、右に身を乗りだし、そこにある箱をたたく。ぎいっといやな音がして箱の蓋が開き、フォリオが吐きだされた。かれの手を滑って床にひらりと落ちる。

思わず悪態をついた。乱暴にあつかったせいで、箱からぶんぶん音がする。カゲロウ整備員は振りかえり、自動エラー通知システムをオフにした。いまはどんな自動装置の警告も聞きたくない。

かがみこんでフォリオをひろいあげると、さっと目を通し、ふたたび箱にしまった。いきなり蓋が閉じたので、もうすこしで指をはさみそうになる。まるで、なにか盗もうとして逮捕されたみたいな気分になった。

「夢よ、わたしをとらえてくれ!」と、ささやく。「でも、ここでじゃない。はたしてどれくらいつづくというんだ? それに、まだたんなる警戒段階じゃないか。このブイが本当に直接の影響を受けるかどうか、だれにもわからない」

勤務時間の表示に目をやる。あと半時間で交代だが、いまなにか起こるとは思えない。自分が必要とされることはないだろう。自室に引っこんで好きなように行動したい。なにより、同族のだれかと話をしたかった。ここにいる百名のトライフェルは、ナック種族のナラダの指揮のもとで作業している。全員、誠実に任務をこなしていた。よりによっていま、こんなことが起こったのは、ただの偶然なのだろうか。

通信装置のところへ行き、レル゠ト゠キルのコードを入力。相手はすぐに応答した。

禿《は》げのある大きな頭部はまちがえようがない。

「ずっと望んでいたことが起こるぞ」と、ポル＝サ＝フォルは鋭い声でいった。「わたしは夢にとらえられたい。自分がよき法典忠誠者かどうか、わからないから。カゲロウなら教えてくれるはず！」

「あまり多くを期待するな」老トライフェルが忠告する。「望みを高く持ちすぎたら、あとで失望する。データを見せてやろう」

相手が接続を切り、スクリーンには一連の数字と映像がうつしだされた。制御不能となったカゲロウの大群が見え、まさにその影響範囲にブイがあるとわかる。ナックは明らかにカゲロウをうまく操縦できていないのだ。もしできていれば、まっすぐブイに向かってくるはずはない。

ポル＝サ＝フォルは意を決して出口に向かう。ドアのところで警報が鳴った。鋭いサイレンが、自室には行かずに辛抱強くカゲロウの出現を見張るよう告げている。ただちに中央指揮所におもむかねばならない。すべてのトライフェルはそこでナラダを手伝うことになっているのだ。

「いま行く」そうつぶやいてドアを閉め、急いで外に出ると、搬送ベルトに乗った。ベルトがいきなり加速したので、バランスをたもつのに苦労する。ものすごいスピードでもよりの反重力シャフトまでくると、ベルトからジャンプしてシャフトに跳びこんだ。

四階層を移動して中央指揮所の区域に到着。すでに数名の同族が集まっている。

あたりを見わたしたが、ナックの姿はない。レル＝ト＝キルが左側のハッチのところにあらわれ、こういった。

「ナラダはいま忙しい。われわれの助けが必要になれば呼ぶだろう。みな、席について待機しろ！」

どこかに設置されているプロジェクターが作動。数秒後、エネルギーでできた百のシートがあらわれていくつか列をつくり、制御装置を半円形にかこむようにならんだ。トライフェルたちがシートに押しよせてハーネスを締めるなか、ポル＝サ＝フォルだけはじっとしていた。席がほとんど埋まってしまうと、いちばん外側にのこったシートに腰かける。

あちこちでスクリーンが明るくなった。アブサンタ＝ゴムの星々からはなれたところにある漆黒の宇宙空間がうつしだされる。見えるのは近くの星々だけで、ほかは自動カメラがぼやかしていた。これにより、観察者は方位確認できるし、多すぎるデータによる混乱も防げる。

ポル＝サ＝フォルの目はコンソール中央に魔法のごとく引きよせられた。プシオン領域での測定結果がうつしだされている。カゲロウの大群がプシオン・ネットの通常路を移動していた。まだネット内にいるため、通常空間にはなんの影響もない。運がよければ、このままカゲロウは進んでいき、ブイにくることはないだろう。この領域を行き来する宇宙船にカゲロウを送りこむためのトンネルを、ナラダが開かないかぎり。

カゲロウは法典に忠誠を誓う者の良心なのだ！

そのとき、ポル＝サ＝フォルの暗く光る目が大きく見開かれた。かれが見ているスクリーンに突然、数十個のちいさな光点があらわれたのだ。かれは息を鋭く吐きだし、両手をのばして前をさししめした。

「あらたな星々が出現した！　いったいなんだ？」

言葉にする必要はなかったかもしれない。かれもほかの同族も、この光る星々が宇宙船だとすぐにわかったから。カゲロウ・ブイの近傍で実体化したのだろう。

〝吐出！〟という文字がスクリーンに明滅する。同時に、ナックの単調な声が聞こえてきた。

「カゲロウの大群を引き連れた艦隊がプシオン・ネットから吐きだされた！　ブイに最大級の危機が迫っている！」

ポル＝サ＝フォルは軽蔑したようなうなり声を発した。自分は危機にひるんだりしない。カゲロウはエスタルトゥからの贈り物だ。トライフェル種族が永遠の戦士グランジカルの目に不名誉だとうつっていない証拠ということ。

かれは深く息を吸い、きたるべき夢にそなえた。

＊

それは百隻の艦からなるグランジカルの輜重隊だった。指揮官はウルビタ一種族のソロプラで、ナラダにコンタクトをもとめてくる。

ポル＝サ＝フォルは思った。ナラダは応答するだろう。ここの主人がだれなのか、あのウルビタ一に教えてやってくれ。

ポル＝サ＝フォルは法典忠誠者だ。すくなくとも、自分ではそう思っている。ウルビタ一のことは心の底から嫌悪していた。理由はわからないが。

ナックは応答しない。まるで、ウルビタ一の呼びかけに気づかないみたいに。とはいえ、ブイの技術装備は呼びかけを受信している。

カゲロウの到来をしめす表示を、ポル＝サ＝フォルは目のすみで確認した。

そのとたん、なにもかも忘れて、プシクがもたらす最初の凶兆をとらえようと集中した。

同族たちもみな緊張の姿勢をとり、長く待ち望んだ時がくるのを期待に満ちて待っている。

最初は部屋のなかが変形したように思えた。長さ、奥行き、高さ、すべてがまともな基準を失っている。壁は凸面鏡のようにふくらみ、スクリーンにうつる映像もゆがんだ。

だが、直接にはなんの感覚もおぼえない。なにもかも、自分のなかで生みだされたプシオン性の印象にすぎないのだ。ポル＝サ＝フォルはまばたきし、両腕を高くあげてみた。

手で目の上をぬぐうと、艶のないグレイの毛が抜けた。かれはそれをしげしげと見る。濃い褐色の毛はどこへ行ったのかといぶかっていると、その毛が鱗《うろこ》に変化した。いつのまにか手も鱗でおおわれていて、まるでトカゲの末裔《まつえい》みたいだ。驚きのあまり叫び声をあげた。まだ声を出すことはできる。

すべては妄想だと、自分にいいきかせた。スクリーン上のゆがんだ艦隊の映像がくっついて塊りとなり、周囲ではしだいに同族たちの姿が消えていく。

「グランジカルの凶兆だ！」ポル＝サ＝フォルは思わず口ばしり、ハーネスを締めたま ま、おちつきなく動いた。カゲロウの影響はまだ宇宙基地にはおよんでいない。ブイに被害が出ないよう、ナラダが気を配っているのだろう。

もとから周囲にあった環境は完全に消えた。しゅーっと空気のもれる音がして、耳を聾する爆発音が響く。トライフェルはわきに押しつけられた。目をかばうように手をあげるが、なんのかいもなく、両手が焼け落ちて腕だけになる。その両腕を目の前にかかげて、かれは叫んだ。

「やめろ！　わたしは罰を受けるようなことはなにもしていない！」

だれかが笑ったような気がしたと思うと、かすかな声が精神にささやきかけてきた。

〈それは関係ないのだ、トライフェル。問題は、きみの種族がしでかしたこと〉

種族がなにをしたというのだろう。思いつかない。かれ自身は数週間前にトライフォンからきたばかりだ。故郷惑星からは毎日のように、トライフェル種族がナックのもとでいかに重要な役割をはたしているかというメッセージがとどく。反乱や違反行為など起こるはずがなかった。

〈トライフェルがなにをした?〉と、意識のなかで訊く。

〈永遠の戦士の寵愛《ちょうあい》をほしいままにしながら、なにもしていない。これは違反行為だ。ウルビター種族のほうがどれほど価値のある存在か。いかなるときもグランジカルを支え、ひと呼吸するたびに戦士のことを思っている〉

〈なるほど。われわれトライフェルには価値がないというのだな〉

〈きみたちは出来そこないだ。だから報いを受ける!〉

ポル＝サ＝フォルはびくりとした。〝報い〟という言葉があざけりのように耳にのこる。シートのハーネスをはずそうともがいた。同族たちのもとへ行き、いまわかったことを伝えたい。

だが、力が出なかった。麻痺したようにハーネスに引っかかったままふと前を見ると、大きな黒い染みがこちらに近づいてくる。虚無から生じるものすごい吸引力……ブラックホールにちがいない。

その近くには、宇宙空間に浮かぶ黄白色の恒星があった。ものみなすべてを温めるこの球体は故郷のシンボルだ。十惑星がめぐっていて、トライフォンは内側から四つめに位置する。七つの衛星にかこまれているので、すぐにわかる。

〈いますべてが消える〉と、トライフェルの心のなかで声がした。

ポル゠サ゠フォルはブラックホールにのみこまれたと思うと、こんどはミッテルランドの運河の岸辺に立っていた。運河から水が流れていく先の砂地には花々が咲き乱れている。

かがんで岸辺から身を乗りだし、手で水に触れてみた。冷たく清らかな流れだ。ところが次の瞬間、火のように熱くなり、手に生えた毛が焼けてなくなった。皮膚には恐ろしげな水ぶくれができている。

ポル゠サ゠フォルは痛みのあまり悲鳴をあげた。逃れられないなにかが迫っている。運河の水が沸騰《ふっとう》しはじめたため、かれは熱い蒸気を避けようと身を引いた。数秒のあいだ、沸きたつ蒸気の向こうに恒星が見えなくなったが、ふたたびあらわれ、運河を照らしはじめた。底の干あがった運河が何度か不規則な間隔で上下し、ななめになった護岸の壁に亀裂が入り、砂地をかこんでいた石やモルタルがゆるんで落下していく。運河があちこちに向きを変える。驚いて見まわすと、周囲のあらゆる景色が動きはじめていた。

恒星の光は弱まり、その隣りに虚無からブラックホールが出現。星系へと貪欲に近づいていく。

「もうおしまいだ！」

それが自分の声なのかどうか、ポル＝サ＝フォルには判断できなかった。ただ、事実だというのはわかる。そのとき突然、スクリーン上の艦隊のことが頭に浮かんだ。あの百隻があらわれてからずいぶん時間がたつ。そのせいでエイラット星系は崩壊してしまうのか？　なんとか防ぐことはできなかったのか？

恒星がぐんぐん熱を帯びる。灼熱の球体の輪郭はぼやけはじめ、引き裂かれてしまいそうだ。ブラックホールのとてつもない威力が迫っているにちがいない。

ポル＝サ＝フォルは運河近くの町ベルゲン・ウルトに住む同族たちに向かって叫んだ。だが、反応はない。そちらを見わたし、憤激とあきらめの念をおぼえた。町にのこっているのは煙をあげる瓦礫《がれき》だけ。気づかぬうちに建物が崩壊していたのだ。くぐもった爆発音が聞こえ、黒い染みとなって空にのぼっていく。

自分にはとめられない。だれにもとめられない。

足もとの地面がバウンドする。かれは投げ飛ばされ、運河の動く砂地の上に背中から落下した。空に浮かぶ黒い染みが恒星近くのブラックホールに戦いを挑み、ななめに落ちてきて地平線に触れる。そこから火花が噴きあがって大気圏最上層に到達。ポル＝サ

＝フォルは電撃を受けたようになった。運河は完全に崩壊し、地面が裂けて、長さ半キロメートル以上におよぶ亀裂が生じる。かれは両手で顔をおおった。これ以上見たくない。いまの願いはただひとつ、すみやかな死だけだ。

幻覚に屈するな、と、内なる声が警告する。自分はまだカゲロウ・ブイのなかにいるのだ。気持ちを集中してそう考えろ！

やってみたが、うまくいかない。心に生じた火花はあまりに弱かった。ただ死を願うのみ。しかし、死はなかなか訪れない。そこでかれは立ちあがった。不可視のハーネスからするりと抜けだし、這いつくばって地面を進む。背後では運河が、惑星に生じた底なしの奈落に消えた。

そのとき、百名ほどの同族を見つけた。みな狂ったように暴れまわっている。かれは急いで近づき、

「そんなことをしても無意味だ」と、声をかけた。「わたしの名はポル＝サ＝フォル。きみたちにいいたい。われわれ全員、きょうという日が終わる前に滅亡する。すべてが消える。運命がそう定めたのだ。願わくは、グランジカルがわれわれより価値ある種族を見つけられるように！」

トライフェルたちはその言葉に感銘を受けたのか、黙りこみ、ポル＝サ＝フォルの周囲に集まってきた。かれは空を指さす。そこには黄金の装甲を身につけたグランジカル

の姿があった。永遠の戦士はなかば崩れ去ったトライフォンの地表におりてきて、「おまえたちは独自の文明を瓦礫に変えた」と、定命の者たちに向かって声をとどろかせた。「なぜ、戦士法典や恒久的葛藤にそむくようなことをしたのか？　その罪に対する報いは受けなくてはならん！　もうアブサンタ＝ゴム銀河にも、エスタルトゥ帝国のほかのどこにも、居場所はないものと思え」

「ありがたきお言葉、感謝の申しあげようもありません」ポル＝サ＝フォルは嘆息した。永遠の戦士と最後に論じ合えるのは自分だけだとわかっている。この瞬間、かれはそれまでの自身をしのぐ存在となった。

「すみやかな死を！」そういったグランジカルの姿がぼやけたと思うと、数秒後にはブラックホールが惑星や衛星もろとも恒星をのみこみはじめる。すでに一衛星はトライフォンに落下し、地面が震動した。ポル＝サ＝フォルはゆっくりと同族たちからはなれていく。みな、かれの言葉も忘れてふたたび意味なく暴れまわっていた。たがいに襲いかかったり、無理やり死んでしまおうとしたりしている。

突然、カゲロウ整備員はなにもかもどうでもよくなった。

〈これ以上なにかいうことはあるか？〉と、声を出さずに訊く。〈本当にもうおしまいなのか？〉

〈われわれ、きみと話がしたい〉答えが返ってきた。〈だが、きみはわれわれを認識で

きまい！〉

〈きみたちはどこにいるんだ？〉

〈きみの心のなかだ、ポル＝サ＝フォル。われわれはきみの良心なのだから！〉

まったく理解できない。トライフェルはよく耳をすまそうとしたが、それは定命の者の言葉とは思えなかった。ほうっておくことにして、廃墟となった町へ向かう。そこで、まだ消え残っていた壁の出入口を見つけた。

＊

テスタレとエルンスト・エラートがそのブイを発見したのは、カゲロウの大群が接近していたからだ。ふたりはカゲロウを避けて進んでいたが、テスタレがエラートを連れて一情報ノードに行き、記憶バンクから最新データを入手したのだった。

それまでふたりは、おかしなふるまいをするカゲロウの出現場所を特定し観察することに多くの時間を費やしてきたものの、実際の現象を発見するにはいたっていなかった。もうこれ以上がまんできない、そろそろ本物を見たい……エラートはそう思ったし、テスタレもそうだった。湖底の保養所を去ったのは、ただ遠くから観察するためではない。それなら過去に飽きるほどやってきたのだから。

「かれら、やってのけたぞ」最新データを見たテスタレがそういった。「凪《なぎ》ゾーンが消滅した。シオム・ソムの紋章の門はもう存在しない。これがなにを意味するかわかるか、エルンスト？　イジャルコルが手痛い敗北を喫したということ。すぐには立ちなおれないだろう。これで唯一、奇蹟を持たない戦士になったわけだから、立場はそうとう弱くなる。権力を欲する進行役たちは、ペリフォルが銀河系で死んだことをかくそうとするだろうしな。あと、もうひとつ知らせがある。謎に満ちたラオ＝シン種族の惑星フベイについて、ブリーが手がかりをつかんだという。そのシュプールを追うらしい。そうなると、のこる疑問はひとつだけだ」

「なんだ？」

「シオム・ソムにいたナックはどうなったのか。仕事がなくなったわけだ。いまなにをしている？　アブサンタ＝ゴムかアブサンタ＝シャドにやってくるだろうか？」

「やってきたとしても関係ないのでは？」エラートの返事だ。「それより、例のカゲロウ・ブイを探そう。いまやわたしもナックがカゲロウを送りこむネット内の場所を特定できるくらい、プシオン・ネットのルートにくわしくなったぞ！」

プシオン・ネットはエネルプシ船が航行する通常路と、ネットウォーカーが移動に使う優先路からなる。通常路と優先路を接続するルートもあるのだが、これは使わない。ネットウォーカーが通常路で移動しないことはナックも知っているが、優先路の存在を証明することはまだできていなかった。それでもプシオン・ネット内にカゲロウを送りこむことは可能だ。ネットウォーカーがカゲロウの群れに近づきすぎて捕まったことも何度かある。

精神存在ふたりは現ポジションをはなれ、カゲロウ・ブイに接近することにした。プシオン・ネットからブイにつながるルートは明確にわかっている。そのルートはエネルギー性のプロジェクションで、生成された偽プシクのネット内における均衡をたもつためのものだ。したがって、そばに行くのは危険ということ。

ふたりは情報ノードのプシオン・ネットを出て、半光年はなれたところにあるカゲロウ・ブイに向かった。エラートはテスタレの精神をしっかりつかんで自分に引きよせる。パラポール能力を持たない者ならいまごろ星々のあいだで精神が消滅していただろうが、エラートの教えによってテスタレもみずから動けるようになっていた。何度も練習した結果、自分の精神のみを使ったパラポールが可能になったのである。

ふたりはだれにも気づかれることなくカゲロウ・ブイに侵入。司令本部をめざす途中で毛皮生物一名に出くわし、その意識内にこっそりもぐりこんだ。エラートはそこから情報を引きだし、この生物が惑星トライフォンからきたトライフェルのポル＝サ＝フォルだと知る。そのとき警報が鳴り、トライフェルは中央指揮所に呼びだされた。警報はカゲロウに関するものだった。

エラートはカゲロウがブイの要員たちにおよぼす作用を共体験しながら、チャンスを待った。それからようやくポル＝サ＝フォルの意識にコンタクトしたのだ。なにが起こったのか相手は理解していないが、それをエラートが嘆くことはない。あとでトライフェルの記憶に細工する手間が省けたわけだから。

ポル＝サ＝フォルは自身と種族にまつわる致命的な幻覚を体験した。中央指揮所にいるトライフェルたちは幻覚の影響で自制を失い、狂ったように暴れている。だれもこの状況をとめられない。

精神存在ふたりは話し合い、エラートがこういった。

〈どこかこの近くにナックがいるはず。探しにいこう〉

かれらがポル＝サ＝フォルの幻覚にわずらわされることはなかった。ほかの生物の体内に宿った状態でいれば、カゲロウにはなにもできないのだ。カゲロウは通常空間に出てとりついた生命体に影響をおよぼしたあと、すぐに拡散して死ぬのだから。精神存在は幻覚作用から隔絶される。

ふたりの精神を宿したポル＝サ＝フォルは突然、明確な理由もないのにシートのハーネスをゆるめて立ちあがった。方向転換すると、硬直した足どりで中央指揮所の壁に向かい、ある部分をしばらく調べる。ふくらんでいる個所の奥に開閉メカニズムを発見。それを操作すると、壁の一部が内側に引っこんでスライドし、抜け道があらわれた。トライフェルはそこから照明された通廊に出て、壁がもとどおり閉まるまで待つ。保安装置はついていないようだ。すくなくとも、警報が鳴ることはなかった。

同族たちの騒ぐ声がしだいに聞こえなくなる。

〈本来の司令本部に接近するぞ。ナラダという名のナックがカゲロウを操作している場所だ〉エラートはテスタレの精神に告げた。ポル＝サ＝フォルが恐ろしい幻覚に苦しんでいるあいだに、その脳から必要な情報はすべて入手している。毛皮生物のからだを〝操縦〟して動かしたのはパラポーラーだ。トライフェルは抵抗しないし、そのことに気づいてもいない。

通廊からつづく部屋はボウルのようなかたちだった。ただ一名の使用者に合わせたつくりなのだろう。

ナラダは操作機器類の前に立ち、たくさんあるちいさな腕で、壁からせりだす可動ディスクのセンサーをいじっていた。プシ感覚を持つ触角二本は漏斗《ろうと》形の一装置に向けている。漏斗のなかにちっぽけな赤い染みがひとつ見えた。絶え間なく回転しているため、大きさはしょっちゅう変化する。

エラートはトライフェルの目を使ってあたりをくまなく観察し、その印象をテスタレにも伝えた。カピンは自分から動くことはせず、引きこもっている。この分野に関してはエラートのほうがずっと経験豊富だから。

軟体動物のナックは外骨格を使って直立していた。音声視覚マスクはつけていない。偽プシクに全面的に集中するためだろう。宇宙船百隻をひきいてきた艦隊指揮官がコンタクトしようとむなしく努力していることにも、まったく気づかないようだ。ナラダは身長一・五メートルほど。黒くやわらかそうな皮膚が濡れたように光っている。腹足をかこむ反重力装置の力で床から二十センチほど浮かんでいた。アブサンタ＝ゴム銀河にはカゲロウを操作するナックが数千名いる。ナラダはその一名だ。

エラートはポル＝サ＝フォルの脳に命令インパルスを送った。トライフェルはナックの背中側へと動きだし、もうひとつの操作コンソールに向かう。そのさい、かすかな物音が生じた。エラートが宿主の目で見ながら肉体を操作できなかったのが原因だ。幻覚の影響が予想外に大きく、神経系が傷ついたため、関連する筋肉の誤作動につながったのもあるだろう。エラートもそこは完璧に調整することができなかった。ポル＝サ＝フォルはコンソールのすぐ前で立ちつくした。

ナックは非常に鋭い感覚を持つ。だれかが室内にいるととっくに感知してもよさそうなものだ。しかし、ナラダは反応しない。極度に集中しているため、一種のトランス状態にあるらしい。

〈ここにいてくれ〉エラートはテスタレにいった。〈わたしはナラダの精神に侵入を試

みる〉

〈それは危険だ。相手が受け入れを拒んできみをプシオン・ネットにほうりだしたらどうする？　カゲロウの餌食《えじき》になるぞ〉

〈自分の身は自分で守れる。帰り道を開いておくから〉と、エラート。なにより注意すべきは、相手に疑念をいだかせないことだ。トライフェルのからだに宿った異意識がようすをうかがっていると、ナックにけっして知られてはならない。

かれは慎重のうえにも慎重にテスタレの精神と別れ、ポル＝サ＝フォルのからだから出た。わずかのあいだ、意識だけの状態でトライフェルの上方を漂ったのち、ナックへと感覚をのばしていく。

エラートはいま、精神に強く働きかけてくるプシオン性の引力を感じた。その力はナラダが触角を向けている漏斗形装置から発している。パラポーラーは進行方向への抵抗を強め、用心深く相手を探りつづけた。

ナックの意識からくるオーラが感じられるようになる。ナラダはカゲロウの操作にすべての注意を向けていた。ブイで人工的に生成したプシクをいくつか群れにしてプシオン・ネット内に送りだし、周囲から隔絶する作業だ。

いましかないと、エラートは思った。これを逃せば二度とチャンスはない。

ナックの意識周辺にこっそり近づく。本能的に後退してしばらく待ち、あらためて侵入を試みた。具体的に定義できないのだが、なにかがそこにある。メンタル安定化処置のようなものか。経験から、危険と判断していいだろう。かれはすこしやり方を変えて、ふたたび侵入してみた。

ちがう。ナラダにはメンタル・ブロックなどなかった。そもそも、なにも思考していないのだ。

ありえない！

三度めに、こんどは強行突破を試みた。どうにか相手の意識内にもぐりこむ。たちまち、冷たい水のなかにほうりこまれたような感覚をおぼえた。ナックの精神があるのはわかるが、その前に異質な柵のようなものがあって入れない。エラートは驚愕した。

それでも、ほんのわずかナックの意識に触れた瞬間、なにかを受けとった。不可視の柵をこえてとどいた強い思いを。

〈カゲロウの群れを変性させる障害がどこからきているか、発生源を特定できた。アブサンタ＝ゴム周縁部の北端、銀河中枢部から四万光年ほど。この発見をわが同族に伝えなければ。ほかのだれにも知られてはならない！〉

そこでエラートの精神は乱暴にほうりだされた。ナラダの脳にある柵に触れたとたん、ゴム製の弩《いしゆみ》で投げ飛ばされたようになったのだ。パラポーラーはなすすべなくよろめき、偽プシクの引力に捕まってしまう前に、あわててポル＝サ＝フォルのからだに逃げ帰る。

あまりにはげしい勢いでトライフェルの脳に飛びこんだので、テスタレが驚いて悲鳴をあげた。

〈すまない〉と、エラート。〈まずはおちつかないと。すこし待ってくれ!〉

ナックの意識とみじかいコンタクトをとるさい、エラートは相手の感情表現をはっきりと受けとっていた。ナラダはこちらの侵入に気づいて一瞬、当惑したものの、その後まぎれもないよろこびを表現したのだ。そのふたつの感情断片が伝わってきたとたん、エラートの精神は投げかえされたのである。

これらのことをテスタレに報告した。感じたとおりの正確な印象を伝えて、

〈これがなにを意味するのかわからない〉と、つけくわえる。〈ナラダは障害の原因について、同族に伝えることだけを考えていた。法典守護者やグランジカルに報告する義務などこれっぽっちも頭になかった〉

エラートのかかえる問題からテスタレも逃れるわけにはいかない。

〈きみが投げかえされたのはなぜだろう?〉と、訊いてみる。

〈見当もつかないが、まったく未知の相手が目の前にいるような感じだった〉エラートはためらいがちに応じた。〈前に一度だけ、似た経験をした。ドルーフ宇宙に入りこんだときのことだ。あの異質な柵がなんだったのか、いまわかった気がする〉

集中したインパルスが、パラポーラーの確信と知識を伝えてくる。なにがエラートの記憶をドルーフと結びつけたのか、テスタレにも感覚的にすこしわかった。テラナーの歴史書でわずかだけ読んだ事件だが、いまエルンスト・エラートの主観を通して知ることができたわけだ。

〈ストレンジネスが関係するにちがいない〉と、エラート。〈ナックはエスタルトゥ帝国の住民だ。しかし、その意識はべつのところに住む者の成分を内包している〉

＊

ナラダはハッとして振りかえり、急な動きで触角を漏斗形装置からそらすと、すべての腕を侵入者に向けた。わきに浮遊していき、高くなったコンソールのところで立ちどまる。音声視覚マスクをつかんで頭にかぶった。

「トライフェル！」と、ぴいぴい声が出てくる。このマスクがあればナックは四次元空間で方向を定めることができ、他者とソタルク語で会話できるようになるのだ。「どうやってここに入った？」

その質問が暗にしめすのは、カゲロウ・ブイのトライフェルがだれもナラダの本拠に入るためのコードを知らないという事実だ。つまり、ほかの方法が使われたにちがいないということになる。

こんな質問を予測していなかったエラートは一瞬、迷った。いまやメンタル・コンタクトがおこなわれたと知ったナックは、それがポル＝サ＝フォルによるものだと自動的に思っただろう。

そう思わせておく必要がある。

パラポーラーは宿主の意識を調べてみた。カゲロウが拡散して影響力を失ったので、幻覚の作用は消えつつある。ポル＝サ＝フォルが正気をとりもどすのも時間の問題だろう。

エラートはトライフェルのからだを動かして、すみにある一コンソールに向かわせた。あてもなくセンサーをいじり、いくつか無意味な操作をする。そこへナラダが浮遊して近づき、さっきの質問をくりかえした。

「あなたが呼んだから」と、エラートは毛皮生物の口を使って答えた。「そう、あなたに命令されてここにきた。ブイにとって重要な作業をしてほしいといわれて」

ナラダはどうしたものかと案じるように部屋の中央に浮かんだまま、外骨格のなかでふらふら揺れていたが、やがてからだの前面にあるコンタクト・キイを押した。数秒後、壁に出入口がいくつか開いたと思うと、ロボット数体が浮遊してきてポル＝サ＝フォルをとりかこんだ。

「ここはどこだろう？」と、トライフェル。しだいに自分をとりもどしていた。

「わたしの城だ！」ナックは声をとどろかせ、「きみは破壊工作者だな！」

「そう、破壊工作者だ」エラートは困惑するポル＝サ＝フォルにそういわせる。

ロボットがトライフェルの周囲に下から上まで拘束フィールドを張りめぐらせた。危険を察知したエラートは、テスタレの意識を引き連れて部屋を去る。

外に出て、中央指揮所にいたべつのトライフェルの意識に宿った。こうして、その後なにがあったか知ることができたのである。

ロボットはポル＝サ＝フォルを追いだした。ナラダはようやくウルビター艦隊のソロプラに応答した。百隻からなる艦隊はエイラット星系に向かった。

やがてポル＝サ＝フォルは護衛部隊の艦にうつされ、エラートとテスタレもかれに宿ったまま旅することにした。そうすればなんの問題もなくカゲロウ・ブイをはなれられ、プシオン・ネットも使わずにすむ。

こうしてポル＝サ＝フォルも、さしあたり故郷に帰れることになった。

エンテール九ではいつもの日常がもどった。トライフェルたちはおちつきをとりもどし、ナックはかれらにふたたび作業をさせた。それでもエラートは自問する。ナラダはなぜ、トライフェル百名全員を中央指揮所に呼びよせたのだろう。かれらの助けなどまったく必要としていなかったのに。手伝わせるためではなく、むしろ近くで監視するためだったのではないか。ブイの重要設備を壊されては困るから。

なんにせよ、こうしてかれらはカゲロウ・ブイを去った。疑問に対する答えをべつの方向から探すために。

# 3

ピラミッドのかたちをした奇妙な戦闘艦が一隻、第四惑星から飛び立った。惑星間空間を疾駆し、第一惑星と第二惑星のあいだに近づく。これらの荒涼惑星が目的地というわけではない。ピラミッド艦は虚無をめざしていた。だが、加速してエネルプシ航行に入ろうとはせず、従来のエンジンを使って進んでいる。

従来の駆動システムに強くこだわっている点が、第一にこのピラミッド艦の奇妙なところであった。

第二に、金色の鎧を身につけた一生物が乗艦しているという事実だ。その男は司令室の後方に仁王立ちし、ときおりとどろくような声をあげては、乗員の法典忠誠者たちに指示をあたえている。

やがてピラミッド艦は減速。トライフォン時間で八分の一日ほど経過したのち、惑星間でエンジンを停止し、防御バリアを展開した。飛来する星間物質がときおりバリアに衝突して燃えあがり、流星のように光る。

「プシオン・ネット内にウルビター艦隊を探知しました、ドロールどの！」ピラミッド艦の艦長が報告した。「かなり遅れての到着ですが」

ドロールと呼ばれたエルファード人は、鎧の棘をかちかち鳴らしながら艦長席の背後まで行くと、装甲におおわれた手をシートの背もたれに置いてこういった。

「だからどうした？　とにかく到着したのだから、それでいい。ソロプラも、自分がどうふるまうべきかすぐに知るだろう！」

そのとき甲高《かんだか》い笑い声が響きわたり、司令室のハッチが開いた。五名の生物が入ってくる。その姿を見て、司令室要員たちは非常におちつかなくなった。五名はそれぞれ、尾を肩にのせたりからだに巻きつけたりしている。進行役と自称する侏儒のプテルスだ。エルファード人とともに、ほんの数日前から惑星トライフォンに滞在している。その一名がドロールの隣りに立ち、声を張りあげた。

「一瞬もためらうな！　艦隊が通常空間に出たら、ただちに移乗するぞ！」

*

ソロプラとは関わらないほうがいいと、エルンスト・エラートは早くに気がついた。ウルビター艦隊の指揮官はかなりの量の法典ガスを吸いこんでいる。旗艦にダシド室があるのだろう。だから、かれの意識にすぐに宿ることはできない。法典分子の作用が減衰するのを待たなくては。どこかに抗法典分子血清がかくしてあればと期待もしたが、それはできない相談だ。

〈待つしかないな〉と、テスタレに告げる。ふたりはいま、デフェルという名のウルビターのからだにもぐりこんでいた。かれに気づかれないよう慎重に、エラートは事情を探りはじめた。

百隻の艦にはそれぞれ一万名の護衛部隊が乗りこんでいるらしい。乗員はいずれもウルビターだ。かれらはアブサンタ＝ゴム随一の好戦的種族で、恒久的葛藤の熱烈な擁護者でもある。口さがない連中は、かれらに法典ガスなど不要だと噂していた。もともと遺伝子に法典の教えが組みこまれているのだから、と。

ウルビターは身長三メートルの大柄な種族だ。そこはトライフェルと同じだが、より危険な雰囲気を漂わせており、その動きだけでもあからさまに脅迫めいているとエラートは思った。見た目はカンガルーに似て、筋肉質の脚と腕があり、手の先端は三つの鉤爪になっている。からだのわりに頸は細く、頭もちいさい。鼻づらが前方に突きでて、耳のかわりに二本の角《つの》が上にのびていた。無毛の肌は革のような質感で、色は水死体を思わせる褪《あ》せたグレイだ。毒々しいグリーンのズボンで下半身をおおい、細い肩ベルトで吊っていた。腹のところには不格好な箱がひとつさがっている。戦闘用の装備だろう。

エラートはデフェルの角を通してソロプラの命令を聞いた。艦隊指揮官はひっきりなしに部下たちを駆りたてている。ナラダに待たされたことを根に持っているらしい。法典忠誠者の目から見れば、あれは明らかな違反行為だから。相手がナックでなかったら、武力で応じているところだろう。だがナックはいろいろな意味で特権的自由を持つので、しかたない。

「いつ着くんだ?」ソロプラがどなった。「おまえたち、飛び方を忘れたのか?」

数秒後、旗艦《グランジョカル》のスクリーンが明るくなった。エイラット星系がうつしだされ、ピラミッド艦のリフレックスが探知される。ソロプラはびくりとした。こんなシグナル通信を受けとったから。

「減速しろ、大ばか者! 理解力のかけらもないやつらめ! エルファード人の宇宙船に衝突する気か? 永遠の戦士はきみたちのような者と関わる情けなさに顔をおおってしまい、二度と公衆の面前に姿をあらわさないぞ! いったいなにがあった? なぜ連絡してこなかった?」

ソロプラは通信士をシートから引きずりおろし、その大きなからだを左足で思いきり蹴ってわきにどかすと、コンソールに身を乗りだした。金属プレートに鉤爪をたたきつける。すぐに通信がつながった。

「なんなりとお申しつけを、エルファード人」と、おちついた声を出す。「あなたをどうお呼びすればよろしいか?」

「ドロールだ。すぐそちらに移乗する。格納庫を開け！」

エルファード人は自分から接続を切った。ソロプラはまたあわててコンソールをはなれ、一乗員を肘で乱暴に押しのけてどなりちらす。

「ハッチはどこだ？　カゲロウにやられたみたいにぼうっとするんじゃない！」

さいわい、艦隊がカゲロウを引き連れて出ることはなかった。襲われたのはブイだったから。しかも、カゲロウはまだ通常の状態にあり、不幸を予言しただけですんだらしい。ソロプラはそれをナラダから聞かされていた。ナックは全精力をかたむけてカゲロウの進路を調整し、制御不能にならないようバランスをとったのだという。

やっと格納庫エアロックが開いた。《グランジョカル》がピラミッド艦に接近し、収容する。ソロプラは同行者三名を連れ、転送機で上昇してゲストを出迎えにいった。

エラートとテスタレもあとを追うことにした。司令室にのこって操縦を引き継いだデフェルのなかから外に出る。

ソロプラに同行する一ウルビターのからだに宿り、なりゆきを見守った。

格納庫に空気が満たされると、エアロック・ハッチが閉じてエネルギー・フィールドも消えた。ソロプラはエルファード人のもとへ急ぐ。だが、ドロールに同行してきた五名の生物に気づくと、立ちどまって目を見開いた。

〈あの生物は？〉エラートはウルビターの視覚器官を通して見えたものの印象をテスタ

レに伝えた。

〈進行役だ。惑星エトゥスタルの小型プテルスだよ。おもしろくなりそうだ。進行役たち、予告どおりエスタルトゥの銀河における行動範囲をひろげるつもりらしい〉

「きみと話すためにきたのだ」と、エルファード人がいっている。「どこかしずかな場所へ案内しろ！」

ソロプラは了解のしるしに一礼すると、踵《きびす》を返し、同行者三名に合図した。三名は司令室にもどることになり、ソロプラとゲストたちは旗艦内にある指揮官用のプライヴェート領域に向かうようだ。これらの情報を、エラートはいま宿っているウルビターの思考から入手した。

〈どうする？〉と、テスタレ。〈せっかくのチャンスを逃すことになるぞ。エルファード人や進行役に宿ることはできないしな。気づかれてしまうから！〉

〈ソロプラに入りこもう！〉エラートの答えだ。

ふたりはウルビターのからだを出て、艦内を急いだ。精神存在の状態だと障害物は存在しない。金属壁も天井もそのまま突きぬけ、数秒後にはソロプラがゲストを案内した部屋にいた。

エラートはふたたびソロプラの意識を用心深く探る。思ったとおりだ。法典ガスはいつのまにか減衰し、もう危険はない。

「われわれがここにきたのは、なにが起こったかきみに伝えるためだ。シオム・ソムでの出来ごとについては噂を聞いているはず。重大情報を知らせずにおくのは不名誉なことだと思ってな。なんといっても、きみはグランジカルにとり、もっとも重要な艦隊の指揮官なのだから」

「聞かせていただきたい！」ウルビターはエルファード人にいい、席をすすめた。だが、ドロールは反応しない。すでに進行役五名のほうはそれぞれ好きな場所にいた。一名はシートの背もたれにすわり、一名はソロプラ私有の高級品をならべたガラスケースの上でくつろぎ、ほかの二名は部屋の張り出し部分に尾を引っかけてからだを前後に揺らしている。最後の一名はエルファード人の装甲頭に跳び乗ると、尾をドロールの肩に巻きつけて、三角形の頭蓋を前方に突きだした。

エラートが明確に感じとったとおり、ソロプラはすっかり困惑していた。なにがなんだかさっぱりわからないらしい。ウルビターにとり、エルファード人は永遠の戦士にもっとも長く仕えてきた首席護衛部隊で、戦士の近い親戚筋である進行役はさらに敬意を表すべき相手だ。グランジカルの進行役シルブは個人的に知っているし、どの戦士にも進行役が一名ついたこともわかっている。だから状況を見るかぎり、いまは五名の戦士が進行役なしで行動しているということだろう。

ソロプラは口の片方を生意気に引きつらせたシルブの顔を探したが、ここにはいなかった。だったら、この五名はだれの進行役なのか？　ある考えが頭をよぎる。進行役が戦士の数より多く存在するという噂があるが、事実なのだろうか？

「ペリフォルは死んだ」ドロールの声が響きわたる。「銀河系で殺されたのだ。永遠の戦士が不死で無傷という神話は崩れ去った。イジャルコルもじきに死ぬだろう。生きながらえることをエスタルトゥに拒否されたから。このまま権力の座につかせておくには、永遠の戦士たちはあまりに役たたずだと判明した。よって、近いうちに変革が起こるものと考えよ」

「まったく理解できない」ソロプラはいきりたって応じた。「われわれはみな法典に忠誠を誓っている。わが種族に不忠の者はおらず、あなたがたの種族でもそれは同じはず。これ以上なにをエスタルトゥが望むといわれるのか？」

「エスタルトゥは関係ない」ドロールの頭上にいる進行役が割りこんだ。「これは恒久的葛藤と法典、およびその正しい遵守に関わる問題だ。永遠の戦士が役たたずなら、かわりの者を探す必要がある！」

「それがわたしなので？」ソロプラはどう考えたものかわからない。進行役五名がいっせいに甲高い笑い声をあげた。ウルビターは大きなからだをびくつかせ、全身の神経を震わせた。

「まさかそんなこと、自分でも思ってないだろう！」さっきの進行役ががみがみいう。

「もちろんちがう。ただ、きみのことはたよりにしている。協力してほしい！」

「これからはエトゥスタルの進行役たちが十二銀河の主導権を握るのだ」エルファード人がつづけた。「いまや、かれらがエスタルトゥの名のもとに行動する支配者ということ。わたしはかれらをサポートする。きみの理性に訴えたい、ソロプラ。ウルビター種族はアブサンタ＝ゴムの権力ファクターなのだから！」

ソロプラは決めかねるように、もじもじした。目に見えて混乱している。両手を所在なく動かして、こういった。

「あなたがたが永遠の戦士たちに満足できず、解任しようと考えているのはわかった。自分たちに仕えろというのだな！」

「いつかきみ自身がアブサンタ＝ゴムの統治者になるチャンスでもあるぞ、ソロプラ」と、ドロール。「それをよく考えろ。もちろん最初は進行役たちが支配するが、代行はいつだって必要だ」

ドロールの装甲頭にいた進行役が、勢いをつけて床に跳びおりた。そこからジャンプして金属テーブルの天面にあがると、あおむけに寝てからだをまるめ、両脚のあいだから頭を突きだして挑発するようにウルビターを見た。

「永遠の戦士はエスタルトゥを裏切ったのだ」と、非難する。「そう思わないか？　きみがグランジカルを見かぎってわれわれの側につけば、アブサンタ＝ゴムの未来は明るい。そうしなければ……」

そこで脅すように間をおいた。

「そうしなければ？」ソロプラが小声で訊く。

「エスタルトゥはもうここにいなくなるだろう」と、エトゥスタルの住民。「聞け。いまこのとき、この宙域で、グランジカルとアヤンネーとイジャルコルが会合を開くことになっている。きみがあらたな権力者に気にいられるためにすることは、ただひとつ」

「それはなんだね？」

ふたたび進行役たちの甲高い笑いが響いた。それがソロプラの骨身にこたえたのを、エラートは感じとる。

「かれらを捕獲し、ウルビター艦隊のどれか一隻に拘留するのだ。それがきみの華々《はなばな》しいキャリアのはじまりとなるだろう！」

「考える時間がほしい」と、ソロプラは急いでいった。「これまでただひと筋にグランジカルに仕えてきたのだ。なのに、かれを裏切れというのか？」

「仕える対象は法典であって、個人ではない」ドロールが重々しく応じる。「これで決心がつきやすくなるかな？」

「そう思う」と、ソロプラ。「ここで待っていてくれ！」

エルンスト・エラートとテスタレはこの会話を注意深く追っていた。たがいに意見をかわすことはせず、いまもエラートはカピンになんの質問もしない。ソロプラはふたりの精神を宿したまま、プライヴェート領域を去って旗艦の中央をめざした。どこに向かったのかは、三角形のシンボルがついたハッチでわかった。ダシド室である。ウルビタ一はなかに入ると、ガス放出口の真下のベッドに歩みより、スイッチ類をいじった。宿主がなにをする気か知ったエラートは戦慄し、すべてのためらいを投げ捨てた。

〈信じるな、ソロプラ！〉

艦隊指揮官は急いで振り向いた。だが、ダシド室にはほかにだれもいない。

「グランジカル？」と、小声でいう。「あなたの声ですか？」

〈そうだ〉と、意識のなかのエラートが答えた。〈進行役の嘘を信じてはならん。永遠の戦士は裏切り者ではない。紋章の門が崩壊したのもイジャルコルの責任ではないし、ペリフォルは相応の罰を受けただけだ〉

「わたしはどうすれば？」

〈これからも永遠の戦士に忠誠を誓うのだ、ソロプラ！〉

「そうしますとも、これからもずっと。それが答えだとドロールにいってやります！」

ウルビターがベッドに横たわる。エラートはそのとき、この男がずばぬけた意識制御の訓練をしてきていることに気づいた。ソロプラはすぐさまなにも考えなくなり、完全に無思考状態に入って法典ガスを吸引したのだ。危険になりそうだと感じたエラートは、かれの意識からゆっくり離脱しはじめた。

ウルビターの脳内にひそんでいた恐るべき能力に追いつめられながら、デフェルの意識に狙いを定める。

だが、遅すぎた。エラートの精神は一撃され、ウルビターの体内から外に飛ばされた。どこかに投げだされ、どんどんテスタレと引きはなされていく。友の呼ぶ声が聞こえた。

もうおしまいだ！　かつてのテレテンポラリアーはそう思った。過去に何度も同じようなことがあったもの。あてどなくほうりだされ、自分ではどうにもできなくなる。時間も空間もまったく異なるものになってしまう。

もとのところにもどるまで数日、あるいは数百万年かかるかもしれない。

〈わたしはここだ、テスタレ！〉全力で精神を集中させる。カピンがそれにこたえ、第四惑星につづく道をしめした。ふたりして大気圏に突入。気がつくと、エラートはテスタレとともに、ルト＝タ＝ヴェルという名前のトライフェルのなかに入りこんでいた。

驚くひまもなかった。

〈どうしてこんなことが可能なんだ？〉と、エラート。〈われわれのあいだには、けっ

して失われない絆のようなものがあるのだろうか?〉

〈だとしか考えられないな、エルンスト!〉

テスタレはそう応じ、自分の体験を報告した。あのとき、かれのほうはしばらくダシド室にとどまって、ウルビターのようすを観察していたのだ。ソロプラは法典ガスを過剰摂取してしまったという。

〈かれは死んだよ〉と、報告を締めくくる。〈どういうことかと訊かれても、いまはわからない。ただ、ソロプラはドロールのすすめた道を選んだのだと思う。法典に仕える道を!〉

＊

トライフェルは法典にきわめて忠実な種族である。だからエスタルトゥもかれらには惜しみなく技術をあたえた。惑星間には宇宙船の行き来がほとんどない。十惑星をふくむ星系全体にテレポート網がくまなく張りめぐらされているからだ。トライフォンの七衛星もこのなかにふくまれる。

だが、それでもトライフェルは満足できず、より多くをもとめた。永遠の戦士に、昔みたいに定期的に試練をあたえてもらいたいと思っている。

その日の朝、カゲロウ監視者ルト＝タ＝ヴェルの機嫌を損ねる出来ごとがふたつもあった。まずキッチンでころび、手首を強打したこと。次に家を出たさい、ブリキ片が頭にぶつかったこと。裂傷を負わずにすんだのは、ひとえにかれの頭の毛皮がぶあついからにすぎない。

金属片は空中から落ちてきた。まったくばかげた話だ。やっぱりきょうは、ねぐらにとどまっていたほうがよかったかもしれない。

ルト＝タ＝ヴェルはテレポート・ベルトを使うのをやめて、建物間を連結するスロープに足を踏みだした。トライフェル種族は何世代にもわたってテレポート・システムを利用しているため、町の居住地には道路というものがない。家々は屋根や、ななめになった庇《ひさし》でつながっている。この〝スロープ〟を徒歩で進むのは、すくなからぬ危険がともなう。

だが、その日のルト＝タ＝ヴェルはもう恐いものがなかった。どんな不運でもやってこいという気分だったのだ。

スロープの下のほうには階段がある。手すりもなく、段はぐらぐらでかたむいているが、かれは何度かこれを使ったことがあるので気にしない。階段でひとつ下の高さまでおり、歩行者用トンネルをめざした。そこから搬送ベルトで町の各地域へ行けるようになっている。

そのとき、ベルトにつけたシグナル装置が鳴った。最初は無視したが、やはり気になって応答する。

「やっと出たな、ルト＝タ＝ヴェル！」オルグ＝ファ＝ドゥルの声だ。「家にいると思って探しにいかせたんだが……」

「朝から出かけているんだ。ほっといてくれ！」

「種族評議会の議場にすぐきてもらいたい」と、オルグ＝ファ＝ドゥル。「全員、集まっているぞ。あとはきみだけだ」

「知るもんか。陳情書も提案もうんざりだ。われわれ、エスタルトゥに見捨てられたものだから、罰を受けてるのさ。グランジカルがあきれて罰をあたえたんだ！」

「ルト＝タ＝ヴェル！」その声にはカゲロウ監視者をびくりとさせる響きがあった。

「なんだ？」

「通信メッセージがきている。急げ！」

トライフェルはふいに全身が熱くなった。あわててベルトに手をやり、スイッチを入れる。行きたい場所を口にしたとたん、テレポート・システムが作動。時間のロスなく目的地に到着した。種族評議会の議場が目の前にあり、同族たちの衣装が見える。オルグ＝ファ＝ドゥルの言葉は誇張ではなかった。全評議員が集まっている。ルト＝タ＝ヴェルが最後だ。みな、かれを見て駆けよってきた。オルグ＝ファ＝ドゥルが一枚のフォリオをひらひらさせる。本当に通信内容をプリントしたものとしか思えない。

ルト＝タ＝ヴェルは立ちつくした。目の前がぼやける。

無理もない。拒否反応なのだ。おのれをなだめるための。

「読んでくれ」と、ひとこと。

「自分で読め！」オルグ＝ファ＝ドゥルがフォリオを手に押しつけてきたが、カゲロウ監視者はさっと見ただけだ。

思ったとおり、それはグランジカルのメッセージだった。陳情書への返事ということ。いつだってこうだ、と、かれは考えた。やっぱりねぐらを出なければよかった。

「さっさと読むんだ！」オルグ＝ファ＝ドゥルの大声が耳もとで響く。「もうこっちに向かってるんだぞ！」

ついにカゲロウ監視者はしぶしぶ、メッセージを一文ずつ読みあげはじめた。

「グランジカルからトライフェル種族に告ぐ。きみたちはいつもわたしに誠実に仕えてきたから、知らせよう。もうカゲロウを待ち焦がれなくていい。群れがそちらに向かっている。とはいえ、用心せよ。この群れには問題があり、大部分はすでに変性している。のこりも、きみたちのもとへ行く途中でそうなるだろう。アブサンタ＝ゴムの不吉な前兆のカゲロウの到来をよろこんでほしい。だが、それでも用心を！」

ルト＝タ＝ヴェルの手からフォリオが滑り落ちた。

「本当に永遠の戦士が送ってきた内容か？　だれかがからかっているのでは？」

かれはトライフォンに長逗留しているエルファード人と、進行役五名のことを考えた。いったいなんの目的で滞在しているのか、十惑星の住民にはなんの情報も伝わってこない。

「ちがう。この返事はグランジカルの旗艦《ゴッカス》から直接とどいたものだ。われわれの陳情が功を奏したということ」

「だったら、われらが種族にも望みが出てきたわけだな」ルト＝タ＝ヴェルは目に見えてほっとし、「カゲロウがまた不幸を予言してくれる。われわれはきたる未来への試金石を手にして、最終的には意味ある未来を築くことができるのだ」

「ただ、ひとつ心配がある！」オルグ＝ファ＝ドゥルは議場の奥のほうをさししめした。カゲロウ監視者は気づかなかったが、そこにトライフェルが一名立っている。宙航士の多くが着用する地味なグレイのコンビネーション姿だ。オルグ＝ファ＝ドゥルが合図して呼びよせ、紹介した。

「ネル＝ワ＝ルグだ。たったいまアブサンタ＝シャドから着いた。そこで数名のソム人やオファラーと会い、エルファード人の説明も聞いたらしい」

「すべて事実だった」と、宙航士。「エスタルトゥの諸銀河で奇妙なことが起こっている。イジャルコルは罷免《ひめん》され、ペリフォルは死に、進行役たちが権力を手にしたそうだ。

だが、あちこちの惑星に行ってみてもそんな形跡はあまり見られないとか」

「災いに満ちた噂だ！」ルト＝タ＝ヴェルは歯噛みする。「おかしなやつらがデマを流したんだろう」

だが、そこで黙った。トライフェルにいる進行役とエルファード人の妙な行動を思いだしたから。頭をそらし、天井の飾り模様をじっと見つめる。

「あるいは、火のないところに煙は立たないのか？　ドロールと同行者たちをいますぐ問いただそう。テレポート・ステーションにいるはず！」

＊

エルンスト・エラートとテスタレは充分な情報を手に入れた。ルト＝タ＝ヴェルが最後に発言したのは、まさにテレポートに使われる地上ステーションのことだ。精神存在ふたりはカゲロウ監視者のからだを出てべつの宿主を探し、レアノル山地に向かう一毛皮生物を発見。地位も名誉も持たないごくふつうのトライフェルだ。技術機器類も使えない。自然のなかで生きる少数派の法典忠誠者ということ。エラートにはすぐにわかった。こいつは変わり者だ。長く宿るのはやめよう。

べつのトライフェルを探しあてた。テスタレとともに場所をうつることにし、気づかれないようにその意識のなかへもぐりこむ。宿主の目を通してあたりをうかがうと、右

手に急　峻な岩壁が見えた。山の前にある土地すべてが見わたせる建物の窓から外を見ている。テレポート・ステーションの出張所みたいなものらしい。

〈用心しないと〉と、テスタレがいう。プシオン・ネットの外にいると、なぜかおちつかない。なんといっても、かなり長い時間ネットウォーカーの行動領域からはなれているのだから。

〈ナックか進行役がこっちの意図に気づいたら厄介なことになるぞ！〉

進行役に関してはエラートもそのとおりだと思う。エトゥスタルからきた侏儒はありゆる手段を投じて権力奪取を狙っているから。それに対して、ナックはわれ関せずの第三者だという気がした。永遠の戦士やエスタルトゥの側についているとはいえ、独自の道を行っているようだ。

エラートはナラダに会ったさい、この力の集合体においてナック種族が特殊な役割を演じていると確信した。いま、そのことを思いだす。進行役とも永遠の戦士ともほとんど関わっていないナックは、エスタルトゥがじきじきに派遣した勢力ではないか……それも、まだ超越知性体がここに存在していたときに。なぜかそんな気がする。

精神存在ふたりはしばらくトライフェルの体内にとどまっていたが、やがてエラートが重大発見をした。ナラダがポル＝サ＝フォルの帰還を手配したことがきっかけで、進行役たちはこの整備員をピラミッド艦に拉致し、テレポート・ステーションに拘束していたのだ。

パラポーラーはしばらく沈黙したのち、

〈ステーションのすぐ近くにいる意識をひとつ感知したぞ〉と、告げた。〈行くか？〉

〈異存はない、エルンスト〉テスタレの精神が応じる。

〈よし。こんどはきみが指揮をとれ！〉

カピンにとっては、メンタル・パートナーをうまく導けるかどうかの最終試験ということ。エラートの精神とともに、トライフェルの意識から慎重に離脱する。エラートは完全に受け身の状態だ。テスタレはトライフェルに気づかれないよう、きわめて集中しなければならなかった。ようやく抜けだすと、建物の外に出て不可視の状態で惑星上空に浮かんだ。

エラートはなにもいわず、助言もヒントもあたえなかった。テスタレが山々の向こうへ精神センサーをのばして未知意識を探るようすを、ただ観察しながら待つ。テスタレはかなり時間をかけたのち、ようやくそれを見つけた。目に見えないバンドで自分とエラートを結ぶと、ゆっくり高みにのぼっていった。

〝ゆっくり〟というのは相対的な意味だ。トライフェルの……カピンやテラナーでも同じだが……時間換算では、ほんの数秒しかたっていない。からだのない精神存在は、無限の息吹に合わせて調整した独自の時間概念を持つため、多くの場合、時間間隔というものがまったく存在しないのだ。テスタレなど、それを気にしたことは一度もない。

山々が目の前にそびえるのがわかった。目視したのではなく、感じとったということ。

そこから加速して降下していく。カピンはもうすこしで目標を見すごすところだった。最後の瞬間、メンタル・インパルスを発して動きをとめ、トライフェルのからだに自分を引きよせた。

エラートとふたり、そのからだに入りこむ。このトライフェルはカゲロウの到着を待ち焦がれていた。グランジカルがメッセージで伝えた内容はまだ知らない。ナックの協力を期待して、ステーションに行くところらしい。

種族全員を代表して望みを伝えるつもりなのだ。

その沈んだ気持ちを察したエラートは、できればなぐさめの言葉をかけてやりたかった。不安と悲しみの時間はもう終わった、といって。だが、それはできない。どういう結果になるかわかるから。いまは口を閉じているのがいちばんだ。

トライフェルはその場に立ちどまった。かれの目を通して、エラートとテスタレは二千メートル級の山々の頂上を見あげる。気温は低いが、トライフェルは毛皮で寒さから守られている。

テレポート・ステーションは全長二キロメートル、高さ半キロメートルにおよぶ巨大な施設だ。寺院のような外観で、柱が恒星光にきらめいている。金属で鋳造した円錐形の屋根の上空には、十個の球が連なる怪物のような構造体が浮かんでいた。エルファード人ドロールの球体船だ。

# 4

かれらは自覚していた。自分たちは異質な地におけるよそ者だから、だれにもわかってもらえない。そう確信していれば、大多数の理解を得ることにはなんの意味もなかった。やるべきことをやるだけだ。それに集中している。

周囲はみなかれらを、なにも見えず、聞こえず、しゃべることもできないと考えている。かれらにとっては、そう思われることが非常に心地よかった。

かれらの生きる世界は静寂と暗黒の巨大な海だ。自分たちの選んだ孤独と沈黙のなかに生きている。

マスクをつければ見たり話したりできるが、かれらの多くはこの冷たい道具が大嫌いだった。マスクがもたらす感覚的印象はかれらをけっしていい気分にさせない。

すべてはかれらにとって異質なものだ。たよれるのはおのれの能力のみ。

カゲロウを制御する能力、紋章の門を操作する能力である。

だが、紋章の門はもう存在しない。もはやシオム・ソムにナックの居場所はない。そこでかれらは、戦士イジャルコルの銀河のテレポート・ステーションに押しよせた。

使命と生きがいを失った状態に見えただろう。

だが、それが事実でないことは全員が知っている。ナックには生きがいが充分あるし、使命も帯びている。ほかのだれもそれを知らないだけで。

ただ、この世界は……

自分たちの生存を脅かすものだ。それでもかれらは、ここを生活圏として受け入れている。いったい生命体にとり、敵対的環境のなかに身を投じること以上に重い罰があるだろうか？

異質な世界の異質な生物。それがかれらだ。べつの環境を探すことはかなわなかったのだろうか？

五万年前のカタストロフィの記憶はおぼろげだ。プシ定数の変化が関係しているのだが、それによりかれらの運命は激変した。もっとも心地よいと感じていたプシオン領域に……たぶん、もう二度と……住めなくなったのだから。とはいえ、映像と音は伝わってくる。かれらはすべての感覚をそちらに向けた。

多くの答えは過去のなかに埋没している。その答えをあたえてくれる者はどこにもいない。

かれらは十二銀河の居住種族とちがい、エスタルトゥにおける変化には関心がなかった。すべてを冷静に受けとめ、さらなる任務にとりくむだけだ。ほかに重要なことなどないのではないか？　いつかこの生存を脅かす環境に自分たちの存在意義が満ちあふれると、すべての兆候がしめしているのではないか？

疑問ばかりが浮かび、答えは出ない。だったら、答えなど必要あるまい！　かれらの種族がかれらはひたすら、ある存在が答えを出してくれるのを待っていた。

〝ドリフェル〟と呼ぶ存在だ。

ドリフェル……異質なのになじみ深い存在。あるいは甘い言葉でささやきかけるだけの存在か？　プシオンからなる、ただの抜け目ない商人なのか？

目下、いちばん重要な意味を持つのはなんだろう。カゲロウか、紋章の門か、至福のリングか？　それとも、銀河系のゴルディオスの結び目か？

どれもかれらにとっては重要でないし、意味もない。かれらはある超自然存在を注意深く観察していて、それが答えてくれるのを待っていた。

ハイブリッドである！

ハイブリッドなら、かれらがどこへ行けばいいのか教えてくれるかもしれない。

だが、問題があった。アブサンタ＝ゴム北縁部に大量にある危険物質のことだ。それがカゲロウの群れを狂わせている。非常にあぶない。それにとりくむのが目下、かれらの仕事だった。調査し、探索して、それから……

だれが答えを知っているのだろう。だれが決定権を持つのか？

とるにたりない進行役たちでないのはたしかだ。

ちがう場所で糸を引いている者がいる。それを知るのはかれらだけ。

だからこそ、かれらは待っていた。だれにもじゃまされることなく。

＊

〈かれらがくるぞ、ドバリル！〉

ナックのドバリルは反重力装置を使って振り向き、音声視覚マスクを応接室の出入口に向けた。背後には五十名の同族が集結している。数メートルはなれた場所にいるのだが、プシオン能力によってすぐ近くにいるように感じられるため、問題はない。仲間がいれば心強いし、プシオン性の防衛処置は不要だ。全員、思考も言葉も一致している。

〈いま、出入口の前に立った！〉

五十のインパルスが同時にそれをとらえ、意識内にはっきりした映像が生じる。

〈なかに入れよう！〉

応接室はテレポート・ステーション全体の縮小版みたいなようすだ。室内は柱で区切られ、外側にはほかのエリアと隔てるための壁がある。

ナックたちは固唾《かたず》をのんで、部屋に入ってきた六つの姿に音声視覚マスクを向けた。

マスクが伝えてくる映像は、プシオン能力でとらえた内容とは一致しない。

先頭はエルファード人ドロールだ。あとから五名の進行役がついてくる。

これを見たら、ドロールが支配者のような印象を受けるだろう。

だが、そうでないことはナックたちにはわかっていた。ドロールはただの藁人形《わら》だ。

背後にひかえる者たちによって前面に押しだされたにすぎない。

協力者である五十一名のナック全員がそれを知った。ドバリルの思考を貪欲に吸収したから。

〈かれら、計画がうまくいくかどうか不安に感じている。本当は臆病者だ!〉

「われらの住まいへようこそ!」ドバリルが不穏な沈黙を破った。「ご機嫌うるわしいようだな、ドロール。だが、ほかの進行役五名の名前がわからない。紹介してもらえないか?」

こんなことを口にするには自制が必要だった。

ナック種族は名前による紹介などしない。そんなうわべだけの知識は無意味だと考えるから。新生児がこの世に生を受ければ、それで種族に紹介されたことになるのだ。とはいえ、この説明じたい、エスタルトゥ諸種族の習慣におきかえてナックの行動を表現しているだけなのだが。

「かれらの名前はここでは関係ない、ドバリル」と、エルファード人。「それに、われわれはきみだけと話すつもりできた。同族の部下全員が会談に参加するとは聞いていない！」

〈おろかなやつら！〉と、ドバリルは考えた。〈わが同族がここで会談に参加しようとほかの場所にいようと、なんのちがいもないのに。ナック種族のあいだで思考を秘匿《ひとく》することなどできない。なぜそれがわからないのか？〉

「行くぞ！」エルファード人は踵を返した。「会合場所の座標はきみのテレポートに入力しておく！」

ドバリルはすこし位置確認すると、同胞たちからはなれて出入口のほうへ動きだした。その途中で非実体化する。

ステーション周辺領域の一ホール内で実体にもどったとたん、すぐに気づいた。だれも入ってこられないよう、ホールが封鎖されている。かれはひそかに思った。これは認められない。このステーションの主《あるじ》はわたしだ。エルファード人はまずこちらに許可を得るべきではないか。

だが、気にしないことにした。ナックにとってはバリア・フィールドを展開されるほうが困るから。ドロールが発言。ステーション内の同族とコンタクトできなくなってしまう。ドバリルに話しているようで、じつは自分自身にいいきかせている。わずかな心理上のちがいとはいえ、ナックにははっきりわかった。口には出さないが。

ドロールはペリフォルの死やイジャルコルの去就について語り、永遠の戦士全員が統治権を失ったことを告げた。

「かんたんな話なのだよ」と、幼い子供に説明するように、「あらたな支配者の要求どおりにすれば、なにも恐れるものはない！」

ドバリルはほとんど聞いていなかった。べつのことに気をとられていたのだ。なにか異質なものの存在を感じる。進行役からではなく、ホール内の技術装置からくるものだ。プシオン制御システムに接続された装置のなかに、未知の意識が宿っている。

かれは急いで……とはいえ、その体形と外骨格の制御装置からすれば、むしろのんびりした動きに見えるのだが……方向転換すると、反重力クッションを使ってその装置へと向かった。からだを前にたわめ、ちいさな腕をセンサーにはしらせる。だが、プシオン性の印象はすでに消えていた。

そのかわりに同族たちのインパルスを受けとった。

〈ステーションに未知存在がいる。ネットウォーカーと呼ばれるゴリムのオーラを持つ者たちだ。オーラは一定していないが〉

ドバリルは身を起こし、感情の命じるまま、これについては黙っていようと決心する。エルファード人のもとへもどり、音声視覚マスクを進行役に向けた。

「かれらもいいかげん、自分たちの立場を明らかにすべきだろう」と、いう。「ひょっとして、発話できないとか？　音声視覚マスクの予備ならたくさんあるが！」

侏儒の一名が前に出た。ナックに焦点を合わせるには、からだをそらして見あげなければならない。

「いうことを聞くのか、聞かないのか？」と、がみがみいう。「イエスか、ノーか？」

「ノーだ！」

進行役は黙りこむと、下顎を危険な感じに突きだして、

「では、無理にもイエスといわせよう。きみを解任して、もっとわれわれの望みどおりに動く者と交代させるぞ！」

「なんたるナンセンス！」と、ドバリル。「ナック種族はひとつだから、いつだってほかの個体と交代できる。だが、われわれの仕事をべつの者にやらせるのは不可能だ！」

進行役たちはひそひそ話をはじめた。ドバリルはじっと待つ。次に口を開いたのはエルファード人だった。

「なんにせよ、きみもほかのナックもじきに生活の糧《かて》を失う恐れがあるな。シオム・ソムの紋章の門が破壊されたときのように」

音声視覚マスクがかたかた音をたて、スピーカーからひどい騒音が響いた。進行役たちは悲鳴をあげ、音から身を守る。ドバリルが哄笑したのだと気づいたようだ。

「なにがいいたい？」と、ナック。「われわれが報酬に釣られるとでも思っているの

か？」

「イエスか、ノーか？」さっき話しかけてきた進行役がくりかえした。

ドバリルは出口に向かい、

「カゲロウがエイラット星系に到達した」と、マスクを通じて声を発する。「同族の手伝いをしないと。トライフェルたちを苦しめるわけにはいかない。群れのいくつかは変性しているから！」

進行役が駆けよって通せんぼした。

「質問に答えろ！」と、怒りの形相《ぎょうそう》で叫ぶ。「プテルスがきみたちをどうあつかうか、決める必要があるからな！」

「われわれ、だれの指図も受けない。これまでわが種族のだれか一名でもミスをおかしたことがあるか？　われわれはつねにエスタルトゥに忠誠を誓ってきた。だが、エスタルトゥはもうここにはいない！」

その言葉でドバリルは対話を終わらせた。

＊

〈急げ！　下へつづく道がある。そこで同族のだれかに会えるはず。平地にもどるんだ。この山中にいては、カゲロウがもたらす幻覚に耐えられないぞ！〉

エルンスト・エラートはいっしんに集中し、ポル＝サ＝フォルの意識に最後にそう呼びかけた。エラートとテスタレは拘束されているトライフェルを発見し、かれに自由への道をしめしたのだった。ポル＝サ＝フォルはおのれのなかで語りかけてくる未知精神の存在に充分に慣れるひまもなく、最初は幻覚だと信じこんだもの。いまもすこしそう思っているし、エラートがいったカゲロウの影響もすでに感じはじめている。エラートはそれを確認すると、トライフェルの意識から離脱した。こんどは永久にお別れとなるだろう。

〈さて、どうする？〉テスタレが訊いた。〈もうテレポート・ステーション内に適当な宿主はいないし〉

〈技術装置があるじゃないか。そのなかにプシオン流がいくつも見つかるはず。うまくいくかどうかやってみよう〉

こんどは同調能力の高いテスタレが、エラートを装置のプシオン流に導く役を引き受けた。これはプシオン・ネットの流れを調整したもので、トライフォンとその七衛星やほかの惑星のテレポート・システムをまかなっている。このプシオン流はたいていの場合、こんがらがった塊りのようだが、狙いを定めて集中すればコンパクトな〝ミニ・エネルプシ網〟となって見えてくるのだ。これならネットウォーカーにはなじみがある。エラートがかすかな思考インパルスを受信した。それをテスタレに伝え、ふたりして慎重にプシオン流に入りこむ。途中の分岐点で方向転換しつつ、インパルスが強力になってきたところまで近づいた。こうしてナックとドロールと進行役のやりとりをキャッチできたのだ。だが同時に、これによりプシオン性の散乱放射が生じるため、ナックたちの思考インパルスの流れを中断してしまう恐れがあった。このインパルスは意図的にか無意識にか、テレポート網に沿って流れている。

そのとき、カゲロウの到来を知らせる警報が鳴った。エラートとテスタレは装置のかたすみに引っこむ。ここならとりあえずじゃまにならないだろう。ドバリルがなにか気づいたようだったから。プシオン流のなかにいる精神存在ふたりのことを、仲間の一名から聞かされたのだ。

〈ここから出よう。そのほうがいい！〉テスタレが提案した。

〈わたしはナックを信じる〉と、エラート。同時に、なぜそう強く思ったのか自問する。テレポート・ステーションの技術装置のなかで聞いたのは、ナックの独特な行動方針を証明する内容だった。テスタレによれば、ネットウォーカーはずいぶん前からそう推測していたそうだが、細かい点がはじめて明らかになったということ。ナックはけっして永遠の戦士の奴隷ではない。どんな価値観にもとらわれず、興味があるのは任務だけ。主義主張もなく、独自の道を歩んでいた。ネットウォーカーの存在におそらく気づきながらも、黙っている。なんの目的があってそうしているのかは、たぶん暗黒空間でもわかるまい。

それでもエラートとテスタレは、ナックがなにかよからぬことをたくらんでいるというやな予感をぬぐえなかった。

＊

バルコニーの最下段に立つ永遠の戦士の姿を見たとき、ルト＝タ＝ヴェルは畏怖の念をこめて身を低くした。足をつまずかせながら、腹の脂肪に触れるほど頭をさげる。

「こうべをあげよ！」大音声《だいおんじょう》を聞いて、カゲロウ監視者は呪縛されたようになった。

「この闘争におけるわが味方としてきみを選んだ。アブサンタ＝ゴムおよび、トライフェル種族の運命に関わることだ。そしてまた、永遠の戦士と法典の運命にも関わる」

「ご命令を。なんなりとしたがいます、高貴なる戦士グランジカル」トライフェルはうやうやしく応じる。テレポート・ステーションに居すわっている進行役とエルファード人がいかなる陰謀をたくらんでいるか、いまようやくわかった。

グランジカルはうしろを向き、矢のかたちをした細身の宇宙船を指さした。平地のまんなかに着陸しているそれは、星形艦《ゴッカス》の一搭載艇だ。戦士はそこに向かった。

「わたしの命令にはすべてしたがえ」と、いう。妥協のない頑迷さが感じられるが、同時に苦々しげでもあった。「わかったな！」

「は！」ルト＝タ＝ヴェルは麻痺したようになり、グランジカルについていって搭載艇に乗りこんだ。艇はスタートし、母艦の待つ惑星軌道にもどる。なぜ惑星の管制ステーションが《ゴッカス》の到着を知らせなかったか、いまわかった。偽装バリアを展開して航行していたのだ。グランジカルはトライフェルを司令室に連れていくと、まずバリアを解除した。

「攻撃するのだ！」と、命令する。──プテルスがルト＝タ＝ヴェルに近づいてきて、武器システムの使い方を教えた。かれはシートにすわって戦士の指示を待つほかなかった。《ゴッカス》は軌道をはなれ、惑星に向かって降下していく。標的はテレポート・ステーションだろうと、トライフェルは思った。ところがそうではなく、ひろい平原の南にある町、ヌルミンサルが目的地だった。

「つまり、ここにかれらがひそんでいるのですね」

グランジカルが哄笑する。

戦士は司令コンソールをはなれてトライフェルに近づき、その上に身を乗りだすと、こういった。

「この町にいるのはきみの同族だけだ。砲火を開け！」

「まさかそんな！」

「かれらは呪われた存在だ。法典に違反している。陰険なやり方で恒久的葛藤を内部からむしばんだ。カゲロウ監視者のきみが罰をあたえよ！」

「なんの罪なのか、わたしにはわかりません！」

「わからないだと？　受け身の態度でいることが法典に違反しないとでも思うのか？　種族が法典をおろそかにしていないと、どうしていえる？　トライフェルは日々ちいさな違反を積み重ね、それがやがて大きな山となったのではないか？」

「わ、わたしには……」ルト＝タ＝ヴェルはそれ以上なにもいえなかった。からだを硬直させ、シートのなかで身をよじる。そこを戦士の力強い装甲の手につかまれ、上へと引っ張りあげられた。

「腰抜けめ！　それでもエスタルトゥの従者か？」

グランジカルは無力なトライフェルを引きずっていき、作動中の転送フィールドめがけてごみのように投げこんだ。ルト＝タ＝ヴェルは艦外で実体にもどる。見ると《ゴッカス》はさらに降下して、町に接近していた。炎のビームがはなたれ、ヌルミンサルはたちまち灼熱地獄と化した。生存者は皆無《かいむ》だ。ルト＝タ＝ヴェル自身も地獄に落ちて、なにも考えられなくなる。

ふたたび永遠の戦士の声が聞こえた。

「星系全体が殲滅され、きみの種族は没落の道をたどることになるだろう。もしも、きみが……」そのあとはなにもいわない。

「種族が生きのびるにはどうすればいいのですか？」カゲロウ監視者はのこった力を振り絞って叫んだ。「教えてください！」

永遠の戦士は口をつぐんだ。答えを教えたところで意味はない。ルト＝タ＝ヴェルはそれをもうだれにも伝えることができないのだから。

トライフェルは目を閉じて判決を待った。奇妙なことに、どんどん下に落ちているのに速度は変わらない。思いきって目を開けると、奇蹟が見えた。上空の《ゴッカス》が消え、灼熱地獄と化した町もない。あるのは寺院に似たテレポート・ステーションだ。だが、高い山の上ではなく、花の咲き乱れる平原のまんなかに建っている。そこでだれかが待っていた。遠くからでもエルファード人とわかる。

ドロールか？　ドロールが自分を救ってくれたのか？

しかし、その近くで軟着地してみて、ドロールではないとわかった。近づいていくと、それは彫像だった。この彫像をちいさくしたものをどこかで見たことがある。どこだったか思いだせないが。

「こちらへ、トライフェル」と、声がした。彫像から聞こえてくるのだが、音声手段を使ってはいない。像はどこも動いていないから。その顔は奇妙に癒合しており、トライフェルに似ているようで似ていなかった。「種族のもとへ行き、これからいささか信じがたいことが起こると伝えよ。ウパニシャドの創始者アッタル・パニシュ・パニシャがあらわれて、トライフェル種族に道をしめす。すべての種族に道をしめす。聞くがいい、トライフォンに住む者たちよ。オーグ・アト・タルカンがおまえたちを正しい道にもどす。そうなると決まっているから。道の行きつくところはウパニシャドではない！」

ルト＝タ＝ヴェルは畏敬の念に打たれて地面にひれ伏した。どう考えたものかわからない。さっきはグランジカルに地獄を見せられ、こんどはウパニシャドの創始者が道をしめすというのだから。

カゲロウ監視者の意識下の奥底に、ある認識が生まれていた。それはいずれ意識の表面にのぼってくるだろう。ウパニシャドと永遠の戦士は、二足のブーツあるいはサンダルのようなものという認識である。どちらも第三の道の一部だが、かならずしも一体ではない。ひょっとしたら、たがいに独立した存在かもしれない。エスタルトゥのなかにもはや調和は存在しないのだ。まさに驚異ではないか？

ルト＝タ＝ヴェルはあおむけに寝ころび、何度か深呼吸すると、彫像の言葉をくりかえしてみた。

「アッタル・パニシュ・パニシャがあらわれて、トライフェル種族に道をしめす！」

そのとき、肩にだれかの手が置かれたのを感じ、はっとして飛び起きた。オルグ＝ファ＝ドゥルの顔が目の前にある。

ようやく正気に返り、自分が種族評議会の議場にいるとわかった。顔は汗まみれだ。同族も神経質にまぶたを震わせている。

「きみも見たのだな！」と、オルグ＝ファ＝ドゥル。「オーグ・アト・タルカンがわれわれに話しかけてくださった！」

それでルト＝タ＝ヴェルにも、自分がふたつの幻覚を見たのだとわかった。二度、深く呼吸する。次の幻覚が迫ってくるのを感じ、おとなしく目を閉じると、テレポートを使って自分の家にもどり、ドアを開けた。すると目の前に、顔が奇妙にぼやけた細身の姿が立っていた。

「わかっている。オーグ・アト・タルカンがくるのだな。われわれに道をしめしてくださる！」

カゲロウ監視者はそういって、ふたたびドアを閉めた。

＊

かれらはいまも、テレポート・システムにおけるすべてのプロセスがくりひろげられているプシオン装置のなかにいた。かくれ場にしているプロセッサーはあまり重要でない情報を処理・保管するものだが、これによりトライフォンとほかの惑星で起こっていることの概要がわかった。

カゲロウがまさに嵐のごとく、惑星全土に襲いかかっている。カゲロウは幻覚によってトライフェルを不安と驚愕におとしいれる。各自にとってのあらゆる地獄を経験させ、かれらの力不足を見せつけることで、幻覚からさめたらすぐ自分から正しい道を選ぶように仕向けるのだ。すべての法典忠誠者にとり、これらの幻覚は集中的な適性検査なのである。これにより、恒久的葛藤の信奉者はその信念を強化される。

だがエラートとテスタレは、トライフォンにおける出来ごとを見て、変性したカゲロウの群れがもたらす作用のべつの面を知った。カゲロウに襲われた者が見たのは、幸福と未来への約束を伝える幻覚だったのだ。これをどう考えたものか、どの法典忠誠者も把握できていない。法典に駆りたてられずに満足をおぼえたことなどないから。カゲロウの情報をどうあつかっていいかわからず、むしろ脅かされたように感じている。

エラートの精神はエネルギーに目いっぱいさらされているため、プシオン情報流を阻害する異質な存在となっていたが、問題はない。かれはテスタレとともに、ナックたちがどんな指示を出すかずっと観察していた。テレポート・システムに従事している五十名の協力者は、変性カゲロウの進路を調整することで、恐れている破滅的な影響がトライフェルに出ないようにしている。ドバリルもいっしょに作業しているが、かれはべつのことにとりくんでいた。変性カゲロウがどこで生まれたか探っているのだ。惑星間計測をおこない、広範囲におよぶプシオン・ネットを走査して、強い障害源が三つないし五つあるのを突きとめた。アブサンタ＝ゴム周縁部、六光年におよぶ一宙域だ。だが、座標から判断して、直接の発生源はひとつしかない。ドバリルはステーションの記憶バンクにある座標と照らし合わせ、答えを得た。

バンセジという惑星を持つシャント星系である。

〈ドバリルはそこへ飛ぶ気だ〉と、エラート。〈もうぐずぐずしていられない。かれがトライフォンを去ったらすぐ、われわれもあとを追うぞ！〉

〈かれが真相を究明すると思っているんだな〉

〈ドバリルはまるで熱に浮かされたようになっている。かれ自身のプシオン成分が情報のなかで共鳴していたのに気づいたか？　冷静さを欠いているのだ。カゲロウの意義が決定的に失われてしまうのを避けたいのだろう〉

やがて、ドバリルがおちつきをなくし、パニックあるいは忘我ともいえる状態におちいった。全トライフェルにもたらされた、変性カゲロウのメッセージが原因らしい。

〈不吉な前兆のカゲロウが見せる夢に、ウパニシャドの創始者が登場したぞ〉テスタレが驚く。〈きみのいうとおりだ。ドバリルはわれわれの疑問を解決する決定的なシュプールをつかんだらしい！〉

トライフォンとその他の惑星の状況がある程度おちつくまで、惑星日で半日かかった。

ナックがなりゆきの見通しをつける。最後の群れが拡散して幻覚が消え、もうあらたな群れもこないと判明し、トライフェルが自分たちの体験したことを消化しはじめると、ドバリルは観測を終了した。もう作業をつづけるエネルギーはのこっていない。ナックは不安に思えるほどおちつきをなくしている。

同時に、テレポート・ステーションの外側観測システムがある情報をとらえ、それがプシオン装置を通じて伝わってきた。

寺院上空の十球体船は消えていた。ドロールと進行役がステーションを去り、どことも知れぬ場所に向かったのだ。

〈ドバリルはかれらになにも告げなかった。かれも同族も、シャント星系の座標を自分たちだけの秘密にしている。なぜだ？〉と、エラート。

〈それを解明しよう、エルンスト〉テスタレが答える。〈ドバリルの興奮はおさまらないな。オーグ・アト・タルカンが帰還する幻覚を見たからか、障害源の座標を突きとめたからか。本当にそれだけだろうか？〉

# 5

カゲロウ・ブイ〝レーエンテル一七〟に飛行するあいだ、かれらの期待はいやがうえにも高まっていった。ドバリルの調査がどのような成果をもたらすか、早く知りたいと思うあまり、エルンスト・エラートはあやうくミスをおかすところだった。テスタレとともにある生物の脳内に宿っていたのだが、その者が急に作業の手をとめて耳をすましたのだ。エラートは活動を停止して宿主の思考をそっと探ってみた。それはオンドルスク種族の一員で、固有名はシュルリシュルという。オンドルスクは棒人間のような姿の生命体だ。〝棒〟が生体機能をはたしており、本来の意味の胴体は持たない。これらの棒が集まって太くなったところが脳にあたる。

シュルリシュルは、なにか声を聞いたような気がしたのだ。アブサンタ＝ゴム宙域のほとんどの生物がそうであったように、かれも最初はこれをカゲロウの群れが近づく兆候と考えたらしい。ところがウルビター艦の装置はなにも知らせてこないし、ドバリルも沈黙している。ナックは音声視覚マスクすらつけておらず、質問に答える気はないようだ。

ソロプラの死後、護衛艦隊の指揮をとっているデフェルが、ドバリルのもとめに応じて一ウルビター艦を提供したのだった。ナックは詳細な書類を作成しなくてはならないという口実のもと、惑星トライフォンを去ってこの艦に乗りこんだ。目的地はアブサンタ゠ゴム銀河周縁部にあるカゲロウ・ブイ、レーエンテル一七である。

そのブイの近傍に、すべての元凶が存在するとナックが推測している宙域があったのだ。

パラポーラーはさらに慎重にシュルリシュルの脳を探った。オンドルスクのほうは、さっきふと感じた印象がまたもどってくるのを待ちかまえているが、そうはさせない。

やがて艦は目的地に到達。一トライフェルの操縦する小型機がやってきて、エアロックから外に出たドバリルを収容する。

どのブイにもトライフェルがいるわけではないので、エラートとテスタレはこの操縦士に宿ることにした。その意識を探った結果、レーエンテル一七の要員は三種族のメンバーで構成されていると判明。

〈仕事がやりやすくなるな〉テスタレは手ばなしでよろこんだ。またどこかでプシオン性マシンを探してすみっこにひそんだりしなくていいとわかったから。〈ドバリルはなにを発見すると思う？〉

〈まあ待とう。われわれ、やれることはやった。なにが変性カゲロウの謎に関わっているのか、いずれわかるさ〉

小型機がカゲロウ・ブイにドッキングすると、ドバリルと操縦士は降機し、中央指揮所に向かう。ドバリルはそこで、このブイの指揮をとる同族のヴァリクに挨拶した。マスクなしではじまった二名の会話にはだれもついていけない。トライフェル操縦士のなかに宿ってこっそり観察しているエラートとテスタレには、そもそも両ナックがたがいのことを気にとめているとさえ思えなかった。ヴァリクはからだの向きを変えると、開いた出入口へと向かう。そこから先はどのブイにも存在する、管理者のナックしか入れない区域だ。ドバリルが同族のあとを追い、二名がいなくなると、出入口は閉じて壁とひとつになった。

〈こうなったら、またプシオン流を探してそこに入るしかないな。きみにまかせる！〉

エラートにそういわれたテスタレはプシオン・センサーをのばし、中央指揮所と本来の司令本部をつなぐ道を発見。だが、そこに存在するプシオン流はわずかで、乗りうつれそうもなかった。べつの方法を探さないといけない。テスタレがなにもいわずとも、エラートにはわかった。パラポーラーとしての能力を投入するしかないだろう。カピンの精神はテラナーのそれにしっかりしがみつく。ふたりはともにトライフェルのからだを出ると、両ナックが消えた方向へ、途中の設備を突っ切って進んだ。

だが、それがまちがいだったとわかった。気づかないうちに、カゲロウの群れがブイに接近していたのだ。群れは精神存在たちと同時にプシオン流に到達。ふたりはまるで壁に勢いよく衝突したように感じた。エラートは投げだされ、パートナーとのコンタクトを失う。カゲロウに追いたてられたテスタレは驚愕のあまり悲鳴をあげ、プシオン性のインパルスとなって流れから去った。敏感なナックに気づかれたかもしれない。

エラートは慎重に探りを入れた。テスタレが流れの縁にいて身動きとれないでいるのを発見。カピンの精神を自分のほうに注意深く引きよせ、おちつくよういいきかせる。テスタレはショックを受けていた。最初にカゲロウと出くわしたときの絶体絶命の状況が、意識と思考の表面に浮かびあがってきたのだ。

〈もう大丈夫だ〉と、しばらくしてネットウォーカーはいった。〈これでおしまいかと最初は思ったよ〉

〈集中しなければ。カゲロウがすでに実体化している。前もってなにも知らされていなかった要員たちは混乱のきわみにある。ドバリルとヴァリクがこれを事前にとりきめていたのは明らかだ。行くぞ！〉

このあいだにエラートはプシオン流の使い方を会得していた。流れがとくに強い場所を見きわめて狙いを定め、両ナックが作業している区域に近づく。ドバリルとヴァリクの存在を感知することはできず、両名がテスタレの悲鳴に気づいていないと祈るしかなかった。ナックのあいだでかわされる声なき会話を追うこともできない。だが、トライフォンでのときと同じく、ナックたちはブイ内に流れこむプシオン流とひとつになっている。そのため、かれらの思考の一部がプシクとなって、カゲロウがプシオン・ルートから通常空間に出るさいに巻きこんだ流れに付着していた。それが精神存在ふたりのところまで運ばれてきた。

ナックたちはほかの障害源を探している。ドバリルの事前作業のおかげで、捜索には進展があった。

〈ふたつめの障害源をはっきり感じる〉と、ドバリルが思考するのを、流れにふくまれる情報から読みとることができる。〈変性カゲロウの群れがもっと大量に必要だ〉

両ナックが精神集中した群れは、ブイ内で完全に拡散しようとしていた。周辺領域ではすでに幻覚が消えはじめている。

カゲロウを捕まえる任務はヴァリクが引き受けた。群れをプシオン・ネットの主流に集結させ、漏斗形装置にくっつける。両ナックがやっているのは、ここで通常おこなわれるプロセスを逆にしたものだ。カゲロウ・ブイはカゲロウを生成し、漏斗を使ってそれをプシオン・ネットに放出するのだが、今回はプシオン・ネットからカゲロウを捕獲し、自分たちの精神力をフルに作用させられる不可視の場所に集めようとしていた。

〈障害源を感知したぞ〉と、ドバリルの次の思考が入ってきた。〈星系もわかった。惑

星シャレジを持つアルゴム星系だ。座標はどうなっている？〉

〈シャント星系から五光年〉と、ヴァリクの思考が応じる。

ドバリルにとり、それが証拠となった。どの星系も数光年内の範囲にあるはずという、かれの推測が実証されたのだ。

〈それだけわかれば充分だ。あとの調査は実地でおこなう〉

エラートとテスタレはこれを聞いて、両ナックが観測作業を終わりにするのだろうと思った。だが、そうではなかった。ドバリルはまさにいま、精神の力を使って流れのなかにみずから飛びこんだのである。かれの身を心配するヴァリクの警告も聞かず、正気を失ってしまうかもしれないリスクをとったのだ。

ブイのプシオン装置のなかにいる精神存在ふたりは、長いこと待つしかなく、しだいにいらだってきた。この状況に百パーセント満足してはいない。これまで実際に自分たちで突きとめたものは、なにひとつないのだから。すべては観察を通して流れてきただけで。

とはいえ、ほかになにができる？　結局のところ、肉体を持たない者には、持つ者と同じチャンスはないのだ。

エラートの物思いはドバリルの歓喜のインパルスに破られた。ナックが重大な発見をしたのだと、本能的に察知する。そのあとすぐ、カゲロウ・ブイのプシオン流のなかに思考の一片が流れこんできた。

カゲロウの力に影響をあたえている物質を両ナックが特定したのだ。

〈プシコゴンだ〉ドバリルが驚いている。〈銀河内の小規模な一宙域にこれほど高密度のプシコゴンが存在するとは、ほぼありえない。ふつうプシコゴンというのは、プシオン・エネルギーの近くにしかあらわれない、かなり希薄な星間物質なのだが〉

〈人工的な手がくわわっているのだろうか？　そうだとしたら、何者のしわざだ？　プテルスか？〉ヴァリクが訊く。

〈いや。もしそうなら、わかったはず。未知の勢力が関わっているとわたしは思う。突きとめよう！〉

両ナックは調査を終了すると決めたようだ。たぶん五つか六つある障害源のうち、ふたつを発見し、それぞれ星系の座標も手に入れた。この情報を利用しようと考えている。その思考インパルスをエラートとテスタレは受けとった。

〈かれらはどうする気だろう。われわれ、どこまでようすをみる？〉と、カピン。

〈待て！〉

両ナックがこのテーマをいま検討しはじめたのを、エラートは確認。ひとつふたつ思考をとらえたのち、はっきりわかったことがあった。両ナックは自分たちの発見を進行役や永遠の戦士に伝えるつもりも、かれらに協力する気もまったくない。自分たちだけの秘密にしようと思っている。

これはかれらだけに関わる出来ごとなのだ。

そしてもうひとつ、エラートが聞き耳を立てた情報があった。精神存在ふたりに伝わってきた内容は、以下のとおり。

〈ナックがエスタルトゥの奇蹟を操作し管理していたのは、戦士法典に仕えるためではない。種族独自の目的に利用するためだ。恒久的葛藤を信奉していたのも、見せかけにすぎない〉

＊

カゲロウ・ブイやプシオン・ネットにおよぼす変性カゲロウの作用が完全に消えるまで待ってから、エラートとテスタレはプシオン装置を出た。漏斗形装置を通って外に出る道はまだ開いている。ちょうどいま、ヴァリクがあらたなカゲロウを生成し、漏斗を経由してネット内に送りだそうとしているところだ。

〈急げ！〉エラートの精神はブイを通りすぎた。操作しているヴァリクの意識がしだいにはっきりしてきて、異存在のふたりに気づいたからだ。ただエラートは、ここでもナックが一種の恍惚《こうこつ》状態にあるだろうと確信していた。

ふたりはプシオン・ネットにいたる道を見つけた。エラートはテスタレをたよりに方位確認する。テスタレは行きあたりばったりにノードへ向かい、そこからネットステーションへの道をとった。

ステーションでふたりは望みの肉体をまとい、テスタレは入手した情報を、二星系の座標もふくめてステーションのシントロニクスに音声入力した。次回、どこかのシントロニクスや情報ノードに照会したさい、すべてのネットウォーカーが使えるように。こうしておけば、ネットウォーカーのどの記憶バンクにも同時に情報が保存される。その内容は次のとおりだ。

「われわれ、任務を完了した。最初はテスタレだけの任務だったが、エルンスト・エラートと出会い、ふたりで同じ道をたどることにして、いっしょにカゲロウの謎を解いた。アブサンタ＝ゴムの種族が見る不吉な前兆は、あるプシコゴンの作用を受けている。その影響で、カゲロウは地獄でなく天国の到来を約束した。ウパニシャド創始者の再来までも予言したのだ。これがただの妄言なのか、あるいは真実なのか、われわれは当然ながら自問している。

この問題を解明したのはナック種族だ。これにより、カゲロウの秘密はナックの秘密となった。すくなくとも、永遠の戦士の領域とエスタルトゥ十二銀河においては。ネットウォーカーたちもすぐにこれを知るだろう。いいことだ」

「本来ならナックに感謝すべきだな」と、エラートがいう。テスタレは入力した情報が正しいかどうか、もう一度確認しているところだ。「われわれを好きに行動させてくれたんだから。どうやらかれらには、ある種のプシオン現象に対して壁があり、それが行動を妨げるようだ」

「壁でなければ親近感か、一種の連帯感かも」カピンが応じる。「では出発するか？」

ふたりとも待ちきれない思いだった。エラートはすぐに動きだす。だが、テスタレはまた引きかえした。

「手ばなしでよろこべない気分でね」と、打ち明ける。「わかるんだ。おちつかないようすでタルサモン湖の岸を歩きまわり、わたしの帰りをひたすら待っている人間がひとりいるのが。アラスカはまちがいなく悲しむだろう」

「かれならきっと乗りこえるさ」エラートは楽観的だ。

テスタレはどうにもできないといいたげにてのひらを見せると、カピンの肉体をそびやかし、ふたたびシントロニクスに向かってメッセージを吹きこんだ。

「アラスカ、テスタレだ。カゲロウに関する任務は完了。これからエルンスト・エラートとともに肉体探しの旅に出る。また会おう！」

それから、意を決したように振りかえる。

数秒後、ふたりは出発した。精神存在となってプシオン・ネットを通りすぎ、〝成就の地〟をめざして。

エルンスト・エラートは思った。ペリー・ローダンにもグッキーにもほかのみんなにも会えなかったが、それでもかまわない。テスタレという友を得たのだから。エスタルトゥ帝国でのちいさな冒険が、ふたりの絆をより強いものにしてくれたのだ。

# あとがきにかえて

星谷　馨

プロ野球セ・リーグとパ・リーグのそれぞれに、ひいきにしているチームがある。だから毎年、セ・パ交流戦が楽しみだ。

そこで今年はそのひいきチームどうしの戦いを見にいくことにした。パ・リーグの主催ゲームではあるが、とれた席は三塁側。つまり、セ・リーグ側を応援するファンが多い場所である。いっしょに観戦に出かける面々もみんなセ・リーグ・チームのファンだ。さて、わたしはどっちを応援するのでしょう？　自分でも興味津々だった。

そして迎えた試合当日。実際にゲームが始まってみると、いやもうファン心理というものは忙しい。ピッチャー、初球ストライク！　よしよし、調子いいぞ。お、それでも先頭打者はヒットで出塁。よしよし、先制点のチャンスだ。次のバッター、いい当たりが三遊間を抜ける……かと思いきや、野手がみごとにキャッチ。よしよし。あー、でも惜しかった！

……と、こんな具合で結局どちらを応援してるのか、さっぱりわからない。打っても守ってもひとつひとつのプレーが、それがファインプレーならなおのこと面白いのだ。どちらが勝っても負けても、結果は気にならない。

そこで思った。スポーツ界はともかくとして、わたしたちの世界には勝ち負けなんて必要ないんじゃないだろうか。人間だれもが、永遠に勝者でも敗者でもいられないのだから。本作で敗者となった永遠の戦士イジャルコルだって、最後は宥和の理念に未来の希望を見いだした。「いい加減」なところで日々折り合いをつけていきたいと、この年になったわたしは思う。願わくはロシアとウクライナにも、なんらかの落としどころが見つかりますように。

そんなことを感じたセ・パ交流戦でした。ひいきチームどうしの戦いって、これほどお得なゲームはないですね。

訳者略歴　東京外国語大学外国語学部ドイツ語学科卒，文筆家　訳書『グッキー、危機一髪！』マール＆ダールトン，『パラディンⅥの真実』エーヴェルス＆マール（以上早川書房刊）他多数

HM=Hayakawa Mystery
SF=Science Fiction
JA=Japanese Author
NV=Novel
NF=Nonfiction
FT=Fantasy


宇宙英雄ローダン・シリーズ〈670〉

## イジャルコル最後《さいご》の戦《たたか》い

〈SF2373〉

二〇二三年八月　十　日　印刷
二〇二三年八月十五日　発行

（定価はカバーに表示してあります）

著　者　クルト・マール　アルント・エルマー
訳　者　星《ほし》谷《や》　馨《かおり》
発行者　早川　浩
発行所　株式会社　早川書房
郵便番号　一〇一 - 〇〇四六
東京都千代田区神田多町二ノ二
電話　〇三 - 三二五二 - 三一一一
振替　〇〇一六〇 - 三 - 四七七九九
https://www.hayakawa-online.co.jp

乱丁・落丁本は小社制作部宛お送り下さい。
送料小社負担にてお取りかえいたします。

印刷・信毎書籍印刷株式会社　製本・株式会社川島製本所
Printed and bound in Japan
ISBN978-4-15-012373-4 C0197